公元787年，唐封疆大吏马总集诸子精华，编著成《意林》一书6卷，流传至今

意林： 始于公元787年，距今1200余年

纯正+阳光+向上
为中国女生量身打造优质课外读物

我们是小淑女

优雅,聪慧,阳光,快乐,甜蜜,
勤奋,包容,恬静,浪漫,唯美,璀璨。
善解人意,才华横溢,从容淡定,
独立有主见,时常感恩,心怀美好。
爱学习,爱阅读,爱幻想,睿智有深度,独具品位。

意林励志·MiniMiss荣誉出品
小MM品牌书系·淑女文学馆·公主天下系列010
荡气回肠的古风浪漫小说,独属于公主们的传奇故事

临海公主

卿云志

（壹）

端木小狸 ◎ 著
DUANMUXIAOLI WORKS

吉林摄影出版社
·长春·

MiniMiss 出品

图书在版编目（CIP）数据

临海公主·卿云志. 壹 / 端木小狸著. -- 长春：
吉林摄影出版社, 2018.9
（淑女文学馆. 公主天下系列）
ISBN 978-7-5498-3773-1

Ⅰ.①临… Ⅱ.①端… Ⅲ.①长篇小说 – 中国 – 当代
Ⅳ.①I247.5

中国版本图书馆CIP数据核字(2018)第216165号

临海公主·卿云志（壹）
Linhai Gongzhu · Qingyunzhi (yi)

著　　者	端木小狸
出 版 人	孙洪军
总 策 划	阿　朱
责任编辑	施　岚　胡晓路
特约编辑	悠　莉
图书统筹	张　丹
绘　　图	满　月
书籍装帧	胡静梅
美术编辑	王　宁
作家经纪部	卢晓凤
开　　本	700mm×1000mm　1/16
字　　数	210千字
印　　张	12
版　　次	2018年9月第1版
印　　次	2018年9月第1次印刷

出　　版	吉林摄影出版社
发　　行	吉林摄影出版社
地　　址	长春市泰来街1825号
	邮编：130062
电　　话	总编办：0431-86012616
	发行科：0431-86012602
网　　址	www.jlsycbs.net
经　　销	全国各地新华书店
印　　刷	天津泰宇印务有限公司
书　　号	ISBN 978-7-5498-3773-1　　　　定价：24.90元

版权所有　侵权必究
如发现印装质量问题，请与印务部联系退换，电话：010-51908584

为中国女生量身打造优质课外读物

文◎《意林·小小姐》书系总策划　阿　朱

2010年1月，意林集团专门为女孩量身定做的读物《意林·小小姐》诞生了。创办之初，《意林·小小姐》旗帜鲜明地打出口号——"女孩都是小淑女，小MM陪你优雅过花季""淑女"取意为"内心美好、品质优秀的女孩"，明确为中国8~18岁的优质女孩服务，以"帮助女孩在快乐阅读中提高文学修养和综合素质"为宗旨，坚持"纯正、阳光、向上"的风格导向，内容着眼于"青春、梦想、成长、励志"，以期打造全新的、真正适合女孩阅读的健康课外读物。

凭借这样的精准定位和独特理念，《意林·小小姐》上市后，很快赢得女孩们的喜爱，在校园中引起巨大反响，女孩们表示："终于有女生的专门读物了！超级好看！"家长和老师也纷纷给出"孩子看后成长了很多""孩子的作文水平明显提高了"之类的积极反馈。2011年6月，在读者的热烈要求下，《意林·小小姐》在坚持宗旨、质量不变的前提下，出版频率加快，由原来的每月一期增加为每月两期；同年10月，《意林·小小姐》月发行量突破50万册，潜在读者超过80万人，其作为优质女孩喜爱的健康课外读物的地位逐渐形成，而迅猛增长的销售业绩也引来业界极大关注，开始得到一些同行的模仿和追随，市面上类似风格的女孩读物相继出现（当然，最后能经得住市场检验的很少）。

2010年7月，《意林·小小姐》开始涉足图书出版领域，编辑部陆续推出《蔷薇少女馆（全套）》《迷藏（Ⅰ~Ⅳ）》《悠莉宠物店（全套）》《七寻记（Ⅰ~Ⅴ）》《钢琴小淑女（第一季~第六季）》《星愿大陆（①~⑨）》《现在是女生时代（①~⑤）》及"浪漫星语"十二星座小说系列等数十种图书，这些书在全国中小学校园中广为流传，无数小读者为之痴迷、陶醉，"《意林·小小姐》出品的图书本本畅销"这一观点也成为众多书店、经销商的共识。"《意林·小小姐》现象"逐渐成为一种社会现象，为各方所津津乐道。

2012年，创办满两周年的《意林·小小姐》步入加速发展轨道，编辑部创造性地提出"女生文学"概念，并将之上升到与儿童文学、青春文学并列的重要文学形态，《意林·小小姐》专注为成长中的女孩服务的想法也更加清晰，编辑部计划在未来几年内，以每年出版几十种新书的速度，采用短篇文集、长篇小说、原创漫画、故事绘本等多种类型齐头并进的形式，为女孩们提供一批有规模、有质量、有品位的精品读物，打造中国女生喜爱的文学品牌。

在2012年7月之后出版（或修订）的所有《意林·小小姐》"淑女文学馆"系列新书中，我们都会特别放置这篇名为《为中国女生量身打造优质课外读物》的文章，来阐述我们对于建设中国女生文学以及推动女生健康阅读的崭新理念与思考。

★女生一定要选择适合自己的女生文学读物

首先，什么是女生文学？

《意林·小小姐》所定义的女生文学是指专门为女孩（特指8~18岁女孩）创作并适合女孩阅读的、符合女孩心理特点和审美要求、有利于女孩身心健康发展的各种文学作品。简单来说，就是所有适合女孩阅读的健康课外读物。

目前，国内未成年人的文学阅读笼统地分为儿童文学、青春文学等大类，市场上很难找到专门针对女孩创作的有规模、系统化的读物。事实上，女孩和男孩的大脑结构不同，思维方式、理解能力、审美要求不同，在阅读上也要区分性别，选择不同的读物。

《意林·小小姐》系列读物立足于女孩性别特点，专门为女孩量身打造，是专属于女孩们自己的读物，合乎年纪，合乎趣味，外观时尚、唯美、优雅，内容纯正、阳光、向上，是真正适合女孩阅读的健康课外读物，带给女孩全新的阅读体验。

★女生通过阅读女生文学读物提升写作能力，获取成长养分

8~18岁正是快速吸收养分、奠定阅读基础的黄金年龄，对于女孩一生的成长至关重要。《意林·小小姐》提倡女生文学要打破市场常规，"从低幼儿童文学及少女言情中解放出来"，以深浅适度、风格纯正、健康向上、可读性与文学性兼具的内容，帮助女孩在快乐阅读中提高阅读理解能力、作文写作能力，汲取成长经验、成长智慧，全面提升素质。

在故事类型上，《意林·小小姐》系列读物既有贴近女孩生活和心灵的校园故事、成长故事、亲情友情故事等，又有极富想象力的冒险故事、幻想故事等，每篇文章的选取都将标准锁定为"题材新颖、内容阳光、主题积极向上、文风优雅纯正"，并坚持拒绝浅薄幼稚、庸俗无聊、花哨言情等无内涵的文章。女孩们在健康文学的长期熏陶下，语感增强了，素材丰富了，思维开阔了，自然能做到心中有故事、下笔有话说，不再为作文犯愁；同时，这些文章里蕴含的温暖励志内核，诸如阳光、善良、真诚、包容、坚强、勇敢、善解人意、独立有主见等精神，都能激发女孩正面心态的能量，帮助她们成长为内心强大的女孩，为将来的人生打底。

★女生文学读物要品质化、品牌化、系统化

《意林·小小姐》创办的时间不长，但读者的忠诚度、信赖度和美誉度在国内首屈一指，已经形成明显的品牌优势，它集"好看""清新""唯美""阳光""优雅""品位"等各种美好感觉于一身，始终以女孩的阅读感受为根本，全心全意为女孩服务，专心致志打造一流读物、精品读物。

读者的认可和喜爱，得益于《意林·小小姐》对文稿质量近乎苛刻的严格把关。为《意林·小小姐》供稿的作者，既有实力派中青年儿童文学作家，又有青春新锐派文学

作者,编辑部每月收到近千封来稿,经过反复筛选、修改,优中选优,最终确定30篇左右刊出;对于长篇图书出版,编辑部始终坚持"用心、专业、永续经营"的理念,不追求过度商业化、批量化生产,每一本书稿都精雕细琢、反复打磨,已出版的每一本图书几乎都成为业内畅销书经典,而《意林·小小姐》所倡导的女生文学概念及标准也成为业内标杆,引来众多同行追随。

除此之外,编辑部与一大批有潜力的青年作者建立了长期的独家合作关系,这些作者通过《意林·小小姐》、网络、电话、读者见面会等各种渠道,常年坚持在第一线与读者互动,倾听读者心声,保持创作活力源源不断。目前《意林·小小姐》独家签约作者的队伍仍在不断壮大,我们希望用几年甚至十几年的时间,形成有较大社会影响力的专业化女生文学创作基地。

为避免女孩因为阅读口味单一而造成阅读面、知识面过于狭窄,《意林·小小姐》除了做好文学类图书外,也努力开发适合女孩阅读的其他类别读物,比如励志、科普、时尚、生活类选题,同时力求经营品种以及传播途径上的多样化,依托原创精品内容,开发数字化传播、动漫、影视、游戏、周边产品、女生网络社区等,做好精品故事的深度经营,构筑全产业链发展模式。在销售渠道上,除传统的零售、邮局、校网等,我们逐渐在各地设立女生文学专柜和品牌专卖店,力争让读者随手可取,购买方便。

★ 为女孩营造愉快的阅读体验

《意林·小小姐》系列读物无论在内容还是包装上都具有较高的辨识度,为了方便读者寻找,我们对2012年7月之后出版(或修订)的新书做了统一规划:

○ 认准独家标志

《意林·小小姐》出品的所有图书,在腰封和封底上都有"意林""Mini Miss出品·女生文学"的独家标志(图1);在书脊上,除了"意林"以及"Mini Miss"字体logo外,每本书还特别放置了"封面女孩"形象(图2),便于读者辨认和收藏;在前、后勒口上,每本书都有"纯正、阳光、向上,为中国女生量身打造优质课外读物"(图3)。

图1

图2

图3

○ **识别编号**

《意林·小小姐》出品的所有图书都将逐渐归于"淑女文学馆""淑女漫绘馆""淑女励志馆""淑女风尚馆""淑女生活馆"等特色馆（新馆不断添加中），每本书都有属于自己的编号，比如：

代表这本书所属类别是淑女文学类，编号为冒险励志系列004，即此系列的第四本书，在这本书之前，自然已经出版了001、002、003，后面也会有005、006、007……陆续上市；图书封底的总编号则代表了这本书在《意林·小小姐》所有出品图书中的总排序。

○ **女孩特色包装**

每本图书都会配备一张淡雅的紫色或粉色前衬页，上面印有"意林"及"Mini Miss"字体logo；在小说类单色印刷的图书中，会加有4页铜版纸彩色插图页，第一页的"淑女宣言"（图4）代表了《意林·小小姐》所提倡的优质女孩精神，第四页则标明了本书所属的系列及编号（图5）。

图4

图5

我们目前所使用的字体、字号以及行距，是在经过大量调查研究和多次测试后确定的，适合成长中的女孩阅读，每一页的内容既充实，又不至于给读者造成阅读疲劳。

所有的一切都是为了给成长中的女孩提供价值导向健康、养分丰富、品质优良的课外读物，营造愉快的阅读体验，我们希望以传媒人"有爱有担当"的社会责任感和"一生只做一件事"的专注精神，不遗余力地建设女生文学，推动女生阅读向前发展，全力打造中国女生喜爱的文学品牌！

目录

- 001 楔子 江南好
- 003 第一章 羊后回宫
- 025 第二章 风云突变
- 053 第三章 一路向南
- 075 第四章 重入虎口
- 101 第五章 母女重逢
- 117 第六章 化敌为友
- 141 第七章 委以重任
- 165 第八章 玄鸟浴火
- 179 篇外篇 林生南逃日志

楔　子：江南好

"兰叶始满地，梅花已落枝。持此可怜意，摘以寄心知。"

柔糯的吴地民歌飞过高墙，依稀还听得到银铃般的趣笑声，仿佛沉沉暮霭也掩饰不住对好山好水的眷念。

高墙之内，庭院深处，一个皂衣奴才拎着什么东西，幽灵一般绕进一条甬道，探头走下台阶。两声闷闷的轻咳呛出，蜷缩成一团的靖之动了动，睁眼不见黯淡如豆的灯火，而是无数乱晃的金星。

只听轻描淡写的声音在说："千金心好，恼归恼，也没发话说要她的命，凑合着先关几天再说。"

跟着响起的声音无端有着几许讨好："那是自然。千金一惯体恤下人，却便宜这蹄子。"但是铁门吱呀关上后，这谄媚的声音立刻变得比身下的石板还要冷硬，"自己滚进去，免得脏了爷们儿的手！"

靖之努力地想要挪动四肢，哪怕能爬、哪怕真的能滚也好，可惜换来的只是更沉重的喘气。看守用脚尖拨了拨她的脑袋，看不清楚她到底是不是清醒，只好抓住她一只脚拖了进去。

靖之俯在地上，潮湿发霉的稻草味扑鼻而来，墙角滴答滴答的水声忽然变得分外响亮，她忍不住蠕动了一下嘴唇："水、水——"

许是被她这近乎呻吟的呢喃吵烦了，一槛之隔的那个"邻居"很好心地替她把这个要求转达给看守，跟着果真一桶腥臭冰冷的泔水朝靖之泼了下来。被冰冷的污水一激，靖之触电般地半弓起身子，手脚不住抽搐弹动，活像一只被雷劈中的虾。

"哼，谁说伤得动不了啦？一盆冷水下去，包好！"看守得意的笑声在石壁间撞来撞去。

靖之全身如被蚂蚁咬噬一样，唯一的念头就是"不可再出声了"，可是嘴唇不住颤抖，她只好侧头疯狂地咬着地上湿漉漉的稻草，尽可能地把身体团起来，像刺猬一样。

　　也不知过了多久，火辣的烧灼感终于退却了一些，靖之闻到米汤的香气，勉强放松身子。一只手从隔间伸过来，抢着把地上那半块面饼拣了过去，又去端那半碗稀薄如水的米汤。

　　靖之也不知哪来的力气，半跪着飞快地扑了过去，抢先把碗拉到怀里，小半碗滚汤泼进她胸口，烫得她直打哆嗦。

　　也许那人觉得半碗米汤不值得跟她闹一架，便没有再抢夺。靖之小口小口地啜着，忽听他问道："你是叫娑椤吧？到底犯了什么事被关进来？"懒洋洋的语气，也没有多少猎奇的意味，更像只是要耍乐打发时间。

　　靖之没有力气应付他，赶着把最后几口汤水喝尽，挪到一片未湿的稻草上，重新躺下身子。心头默默的念诵终被对面那人不着调的小曲儿打断，只是这曲子不似之前在墙角听到的缠绵柔媚的江南小调，节奏抑扬顿挫——记忆里也曾经有那样一个人，给自己唱过这般雄浑豪迈的边塞曲：

　　健儿须快马，快马须健儿。䟽跋黄尘下，然后别雄雌！

　　初听这歌之前，自己狼狈潦倒、命悬一线，比眼下也好不到哪里去。那放声高唱的人拉着自己在一望无垠的大草原上飞驰，看着自己的眼睛却比散落草原的星星还要温柔明亮。

　　"张海。"泪水再度涌出眼角，靖之模模糊糊地呢喃着。

　　壁角那盏鬼火似的青灯，勉强再晃了两晃，终于熄了。靖之心中却乍然拉开一道尘封许久的门，眼前忽然明亮起来。她身不由己地飘起来，灼灼光晕中，一个个熟悉又陌生的身影飞快地闪现：母后、阿惠、父皇、林生、阿姣郡主……

　　靖之终于沉沉睡去，蜿蜒着血迹的嘴角微微上勾——是的，好好睡一觉，就跟阿惠说的那样，一觉醒来，就什么都会好的，一定会……

第一章　皇后回宫

"公主,你慢点儿跑,公主!"

大宫女阿惠提着裙脚,努力追逐着前面那个小小的身影,上勾的嘴角带着笑,却控制不住地滑下了泪珠。

自从得知羊后娘娘要回宫的消息,公主便日夜盼望着与母亲团聚,终于等到了今天——娘娘回宫的日子,公主怎能不心急?

司马靖之穿着一身粉色的宫装,头发绑成两个圆圆的小髻,点缀着毛茸茸的粉色绒球,可爱得如同一只小燕子。她轻快地跑过宫苑长长的青石板路,洒落一串清脆的笑声:"阿惠,快点儿,别让母后等我们,我要母后一下车就看见我!"

"公主!"阿惠终于追上来拉住了靖之,仔细又小心地为她将平衣襟下摆,再帮她整了整散乱下来的发丝,笑道:"公主不要心急,娘娘的车驾还未到宫门口,我们慢慢过去,来得及的。"

司马靖之白净清秀的小脸上满是控制不住的笑,双眼眯成了一弯月牙儿,她拉着阿惠,问道:"阿惠,你说母后看到我还认得出来吗?我很久没见母后了,现在我又长大了一岁,母后会不会不记得我了?"

阿惠牵着她的小手,一边与她走向巍峨的宫门,一边笑着说:"当然记得了,咱们公主又长大了一岁,更加懂事了,娘娘看到了一定很高兴。"

司马靖之笑得天真无邪:"皇帝叔叔真好,特地接母亲回宫给我过生辰,我太高兴了,一定要好好谢谢皇帝叔叔。"

阿惠静静地陪着她笑,却掩饰不住眼底的担忧。

是啊,若不是借着公主的生辰,只怕羊后娘娘未必能回宫。想到如今坐在皇位上的圣上,再看看无忧无虑、一心盼着与母亲重逢的靖之,阿惠不敢往深处想,更害怕自己为什么会有这种担忧的感觉。

宫门口已经有宫人侍立等候,直到她们走近了才省悟过来,慌忙扶手行礼,局促而好奇地偷偷打量靖之。

靖之浑然不觉，拉着阿惠站在了最前面，眼睛控制不住地朝等待的宫人们一一看过去。没有眼熟的，这些人都不是以前母后宫里的人。她已经十二岁了，就算阿惠没有告诉她，她也知道这些新人不了解母亲的起居习惯，用起来不会顺手。就像阿惠，以前是母后身边的大宫女，后来母后将阿惠派给自己，照顾自己的饮食起居。宫里的一应大小事务都是阿惠替自己安排打点，没有不妥帖的。有时候她想母后和父皇了，夜里抱着阿惠哭，阿惠也会像母后一样抱着她，轻轻拍抚着她的后背，轻声地哼着歌儿哄她。

那歌儿是母后以前常唱来哄她的，有好几次，她在阿惠的歌声中睡着了，醒来时阿惠还紧紧抱着她。

这样的阿惠比皇帝叔叔拨到她宫里的那些人不知道好多少倍，那些人看到她哭，只会跪在地上劝她，板着脸，每个字都冰冷死板，要不就去找皇帝叔叔，随后御医就会来到她宫里，给她开苦得要命的药，皇帝叔叔还会派宫人来看着她吃药。

那些人害怕皇帝叔叔责罚，只有阿惠是真的关心她，所以阿惠知道她为什么哭，阿惠会耐心地哄她，她知道这样一片真心待她的阿惠就是贴心。可是现在母后回宫，身边却没有这样体贴的人了。

司马靖之抿紧了唇，眼前仿佛又浮现出以前与父皇母后一起在宫里的快乐日子。母后是她见过最美丽高贵的人，出席宫宴的那些命妇跟她比起来，都卑微到尘土里。就算母后只是穿着常服坐在那里，只是淡然微笑，也比那群盛装打扮的夫人们还要好看。而不管她们说了些什么，母后永远都回以微笑，最多平静无波地回应廖廖数语，她从没见过母亲失去风度。

很多事因为分开的时候她还小，已经不太记得了，但与母后分开那天的情形，她还记得很清楚——

那天，几个如狼似虎的将士持着明晃晃的刀剑，冲进母后的宫里，将长剑架在母后洁白的脖子上，厉声指责她干涉朝政，不配母仪天下，威胁她即刻离开皇宫。母后只是从容地起身，对那些人说："将士之心向帝，将士之剑对敌。臣妾已是阶下之囚，诸位也不必自失风度，请容许臣妾与孩儿道别

几句。"

她当时吓得浑身发抖，阿惠抱着她躲在母后身后，她还记得母亲脸上的微笑和那双饱含泪水的美丽的眼睛。她想要母后抱，母后却只是将她推开，推进阿惠怀里，就那样噙着泪，带着笑看着她，对她说"乱世多灾祸，苍天不庇佑"之类的话，还说什么"母弱父不明，叔王势大却不敬祖宗神明，以后要如何活只能靠自己"。她害怕得连哭泣都是那样低哑无力，根本不懂母后这些话意味着什么，只想跟着母后一起走，哪怕永远都不回来。

但是，最后母后被带走了，只有她留了下来。最开始的时候，她每天都哭，追着阿惠问父皇去哪里出游了，为什么不回来留住母后？阿惠回答不出来，她就哭得更加厉害。

然而就算父皇在，又能做些什么呢？印象中，她的父皇似乎毫无威严，宫宴的时候会偷喝掉她的羊乳，下朝后去母后宫里，他常常拉着母后的袖子告状，说某某臣子说话好凶，简直吓死他了。

还有一次，父皇和她一起在御花园抓蝴蝶，他们跑得太快，宫人们没有跟上，父皇就脱了外面的长袍，跟她一起去摘莲花池子的莲花，还挖出泥巴堆出一间小小的宫殿，说是专门做给她的，乐得她趴在地上想要钻进去。父皇也学她往泥巴小房子里钻，等宫人找过来的时候，她与父皇两个都已经滚成了泥人。一群宫人捧着父皇的衣袍跪在地上磕头，把她和父皇吓得缩成一团，以为他们做了错事。后来还是母后来了，亲自为父亲披上外袍，打发了宫人们，带他们回宫洗澡换衣服，她还记得那天在母后宫里吃的糕点特别甜，但是最后一块她没吃到，被父皇抢走了。

如今母后就要回宫，她又可以吃到母后亲手做的糕点了。司马靖之踮着脚尖望着马车来的方向，远处的一个小黑点逐渐靠近，马蹄声也越来越大，停在了宫门口——是母后的马车。

靖之欢叫一声，甩开阿惠的手，扑了过去："母后！"

一只修长白净的手撩开马车的帘子，羊后那张似乎永远微笑的脸庞出现在了众人眼前。她踩着马夫的背下了车，先抬头打量了一下宫门和门口跪下迎接的宫人，才将目光转向马车前的靖之身上，淡淡地一笑："靖之长大了呢。"

司马靖之想要扑到母亲怀里撒娇的动作顿住了：母后的态度与她期待中的不一样，并没有她想象中的亲近与想念，反而带着淡淡的疏离与冷淡，就如宫中的妃嫔待她一样，她突然有些不知道该怎么办了。

羊献容是先帝的皇后，如今天子则是先帝的亲弟弟，她回宫之后的第一件事自然是要去拜见当今圣上。

她含笑吩咐那个面生的带头的宫人："本宫蒙陛下圣恩，得以回宫，劳烦姑姑即刻代为通传，就说本宫请求觐见陛下。"

那宫人躬着身，惶恐答道："娘娘折煞奴婢了，陛下已在勤政殿等候娘娘，请允许奴婢为娘娘带路。"

羊献容微微一笑，似乎没有看见靖之脸上的孺慕和失望，牵起她的手跟在宫人身后，跨过宫门，向着前殿而去。

靖之有些心不在焉，她边走边不断抬头看向母亲，母亲脸上明明挂着笑，却又好像没有笑，好看的眼睛跟离宫那天一样，湿湿的水雾迷蒙，但没有泪水落下来。母亲一边走一边打量着宫里，阿惠说宫里很多地方改变了，有些宫殿被烧毁了，有些宫殿被重建了，她跟父皇挖过泥巴的莲花池子也被填平了，种上了鲜花，但她看不出来有什么区别，她依然在整个后宫里到处乱跑，玩泥巴，时不时捉弄那些跟她差不多大的宫人，并没有人来告诉她哪里不准去，哪儿不能玩，她感觉不到这个皇宫发生过什么变化。阿惠说这是因为她还小，记不住这么多事，她也不放在心上。

宫里怎么变化都是她住的地方，她不需要记住那些变化。但母亲好像能看出很多地方不同，连眼睛都舍不得眨一下，眼睛里的泪珠终于挂不住，落了下来。

靖之忍不住伸出手，想要接住那滴泪。母亲低头看见她傻气的样子，揉了揉她的头顶，笑道："傻孩子。"她有些不好意思，赶紧低头专心走路。

行到前殿，离勤政殿已经不远了，白玉栏杆遮挡了视线，不远处一角飞檐斜入天空，雕琢的脊兽在蓝天的映衬下，张牙舞爪得可怕。

他们在勤政殿的阶下被门口的卫兵拦住，宫人弓身小跑，远远看到小黄门快步走进殿里去禀报，片刻后从洞开的大门里传来尖细的声音："宣——羊后

娘娘觐见！"

靖之看见母亲放开了自己的手，郑重地理了理襟带、佩环，又低头为自己整理了一下，才跨进勤政殿高耸的门槛，缓缓向着坐在高位上的男人走去。

勤政殿内很是安静肃穆，峨冠博带的大臣们分列在御阶下，如一队整齐排列的大雁，拱卫着皇帝，越发衬托出那个穿着龙袍戴着冠冕的男人的威严与霸气。当羊后牵着靖之步入正殿的一刹那，几乎所有人都在打量她们，目光各异，但都带着一丝无法捉摸的意味。

靖之有些害怕。以前她也被父皇带着来勤政殿玩过，她知道这些人是父亲的臣子，她记得她跳起来扯了一个人帽子的带子，那人踉跄着差点儿摔倒，父亲和她哈哈大笑，站着的那群人却勃然大怒，大喝"成何体统"，她看着只觉得好玩，但今天他们看着她和母亲的目光却是陌生的，带着一种近乎冰冷的寒意，让她忍不住想躲起来。她抬头看母亲，母亲目不斜视、神态自若，仿佛没有看见那些人一样，从容自在地一直到了御阶前，朝宝座之上的人隆重行礼。

靖之收敛心神，跟在母亲后面行礼，还是忍不住偷偷地抬头，看向前方的御座。自从母后离宫，她就没怎么见过这位皇帝叔叔，但旁边站着的内侍她是认识的——那个奉命来监督她喝苦药的人，如果她不肯喝，他就会说皇帝叔叔很是关心公主的身体，一定要看着她把药喝得一滴也不剩。

坐在上位的皇帝终于开口了："皇嫂能够回宫，孤甚为感念，此后宫中事务还需皇嫂多费心了。"

羊献容躬声回答："陛下圣恩浩荡，臣妾能在靖之生辰之际回宫陪她过生辰，已遂了我最大的心愿，别无所求。"

皇帝哈哈一笑，满殿臣子有的跟着笑，有的悄悄打量，还有的由始至终都皱紧眉头，这些她看不懂的奇怪目光让她又想躲起来了。

而且她明明听得懂皇帝叔叔的意思是欢迎母亲回宫，可他看母亲的眼神，却让她心里觉得别扭与不安。那种有点儿怕又不敢说的眼神，简直跟自己盯着那个监视自己喝苦药的家伙一样？防备，对就是这种感情。

司马靖之静静地站着，皇帝叔叔和母亲又说了一大堆话，她一句都没记

住。唯一在意的，是母亲连个正眼也没给过自己。母亲明明说是回来给她过生辰的，她却半点儿也没感受到母亲的欣喜——这令她相当难过。

终于，当她的脚开始疼得麻木时，母亲和叔叔结束了这场冗长的对话。出了勤政殿，还是之前的那个宦人，一路引着她们母女去了弘训宫——这里曾是母亲旧日的宫殿。

羊献容四处看了看，等把宦人都打发出去了，才看向司马靖之，笑道："累了吧？我的靖之竟然长得这么大了，真是……"后面的话她没说出来，但看着女儿的目光却越发柔和起来。

靖之并不懂母亲心里的想法，她从勤政殿一直憋到现在，此时母亲的微笑好像爆竹上那根小小的引线，将她心中压抑得难以言述的情绪彻底点燃。她呼地甩开母亲的手，眼泪一下子涌了出来："母后一点儿都不想靖之吗？您看到靖之并不开心。靖之每天都想着母后，每天都在盼着母后回宫！父皇到底去哪里出游了，为什么也不回宫？父皇和母后是不是不要靖之了？皇帝叔叔其实根本不喜欢靖之，只会让人给靖之送很苦很苦的药，逼靖之喝……"

她越说越伤心，用手背使劲儿擦眼泪，将心里最深的恐惧喊了出来："靖之一个人很害怕！"

羊献容没料到她会放声痛哭，愣了一下，飞快地俯身将她搂进怀里。外面的宦人听到动静，想要进来看看发生了什么事。阿惠很得体地将他们挡住，笑着说："公主见到娘娘太激动了，高兴得直哭哩！我等还是先退下吧，不要打扰了娘娘和公主说话。"

不是没有宦人怀疑阿惠的说辞，但阿惠是先后服侍羊后和靖之的大宫女，他们不敢违背她的话，只好乖乖退下。

羊献容紧紧地搂住司马靖之，轻轻地拍抚着她的肩膀，静静地一句话也不说。等靖之哭过一阵，声音小了下去，羊献容才用帕子给她擦干眼泪，刮着她的脸蛋羞她："都是大孩子了，怎么还哭呢？母后只有靖之一个孩子，怎么会不想念呢？母后每天都盼着见到靖之，盼着给靖之做好吃的糕点，陪靖之玩儿……"

母亲也是想自己的。这个念头令靖之终于觉得不那么难过了，想到自己刚才哭得稀里哗啦，她有些不好意思了，扑在母亲肩膀上，搂住她的脖子。

"那母后为什么不回宫？"

羊献容没有马上回答，轻轻地抚拍着她，好一会儿才说："母后也想回宫，可是母后回不来。"她将靖之推开一些，从上到下地打量着靖之，目光格外温柔，就像刚刚抚摸她那样，半响才又说道，"靖之，你马上就十二岁了，有些事母后不得不告诉你，你一定要记住。"

她说得很慎重，面上神色也很严肃，司马靖之不由得紧张起来，认真地看着母亲。羊献容道："靖之，你的父皇并没有出游，他已经……已经殡天了，永远也不会回来了，现在晋国天下是你叔叔的了，没有他的允许，母后根本不能回宫，你明白吗？"

靖之呆了呆："父皇是死了吗？"她跟宫里的女官上过课，知道殡天是什么意思。同时她吃惊地发现，母亲提到自己的皇帝叔叔时，语气隐约有一丝颤抖，那种感觉就跟叔叔的亲信逼自己吃药时一样，既难受又有一丝愤然。

羊献容点点头，脸上带着些悲伤，但更多的却是坚毅，她看着自己年幼的女儿，说道："靖之，从此以后就只有母后和你相伴了，母后会设法保护你的。"

保护我？靖之听得怔怔的，以往自己淘气，最坏的结果也不过被灌几碗苦汤药，不乐意是难免的，倒没觉得自己需要保护。

"可我还好，母亲。"她想了一想，又说，"母亲不在宫里的时候，就只有阿惠陪着我，无论我走到哪里，宫人都躲着我；我听说皇帝叔叔有很多孩子，是我的弟弟妹妹，可这么久了，我一个也没有见到。皇宫这么大，却好像……好像永远都只有我们两个人。但现在，母亲回来了，我，我……"

靖之湿着眼睛，张臂紧紧搂住羊献容。

这还是个单纯又天真的孩子啊！羊献容在心里叹了口气，再次将女儿抱在怀里，用她能理解的话给了她解释："皇上有自己的子女，他要陪着自己的子女一起玩，就顾不上我们靖之了。靖之要乖，你要记住，就算你还是公主，但

以后你也不能再像以前一样在皇宫里到处跑了。"

为什么不能？靖之很想继续追问，但母亲的声音很沉重，把她搂得很紧，似乎是无声地告诉她，这是很重要的事。所以她没有再问，答应了母亲。

晚上她就睡在弘训宫里。这一天里，她等到了母亲，觐见了皇帝叔叔，又得知了父亲的死讯，对一个十二岁的孩子来说，有些过于劳累了，所以母亲哄她睡觉的歌儿还没唱完，她就睡着了。

她想她会做个好梦的。

三

不知道睡了多久，靖之从梦中醒来，却没见到母亲。

寝殿里点着灯火，并不十分黑暗，有扇窗户半开着，夜风呼呼地吹进来，殿里的帐幔拂来拂去，仿佛恐怖的影子在幽暗处起舞，靖之瞧着有些害怕。

那些宫人果然用起来不顺手，不像阿惠，总会守在她的床前，不管她什么时候醒来都能看到她。靖之小声地叫了两声母后，又叫阿惠，都没有人答应，也没有人进来。

靖之想了想，推开裹着的被子，下床想去寝殿门口看看，却听到偏殿里传来说话声，她走过去，看到母亲坐在铜镜前，阿惠正在给母亲梳头。

阿惠的声音带着哽咽，小声地说道："娘娘，您终于回来了，公主这些年可想您了。"

铜镜里映出羊献容的面容：精致的五官，白皙的皮肤，如画的眉目竟似丝毫没有岁月的痕迹。她拍了拍阿惠的手，轻声安慰她："这些年辛苦你了。只是我这次回宫，也不知是好事还是坏事。"

"当然是好事！"阿惠抢着说，"奴婢听人说，陛下登基之后，国中形势并没有好转，匈奴汉赵步步紧逼，百姓流离失所，不少世家大族觉得陛下无力抵抗汉赵，朝臣们才商议着请娘娘回宫来主持大局。陛下本是不肯答应，恰好公主生辰，思念娘娘，陛下这才松口让娘娘回宫为公主过生辰。陛下看上去已放下姿态，怎么会是坏事呢？"

羊献容叹口气，蛾眉微蹙："正是因为国势危急，陛下无力掌控朝政，我此时回宫才危险啊。"

"奴婢不明白。"

羊献容道："陛下费尽心思才登上皇位，却要由我辅佐朝政，他手中的权势被分了去，心中必然恨极了我。日后在这宫中，必得谨言慎行，出不得一丝一毫的差错，不要给陛下以对付我们的借口。靖之性子活泼好动，以往一直在宫中四处乱跑无人管束，以后你要多费心看着她些，她只在这弘训宫胡闹也就

罢了,千万不要出去惹事。"

阿惠这才明白,羊后回宫给靖之公主带来的,竟不是恩宠与荣耀,而是随时有可能落到身上的责难。她赶紧应声"是",继续给羊后梳理头发。

两个人都有心事,谁也没注意到偏殿门口的司马靖之。她静静地站在那里,想着母亲的话——原来皇帝叔叔并不愿意让母亲回宫,先前自己在宫里怎么疯玩都没事,但是现在,自己连宫门都轻易出去不得,否则会给母亲带来灾难。

接下来的几天,靖之果然都乖乖待在弘训宫,每天不是在母亲身边打转,就是跟阿惠和其他宫人在殿里玩,只是这些人都无趣得很,连最简单的捉迷藏都玩不好,敷衍着找了两下,就躲到外面去晒太阳了。

这种怠慢的态度几乎激怒了靖之,她不好向羊献容告状,拉着阿惠,嘟着嘴痛斥宫人的不恭敬,要她替自己好好地惩罚这些宫人。阿惠却没有答应,搂着她小声说:"公主不要生气,这些人是陛下才挑来伺候的,回头奴婢慢慢调教他们就是了。不然陛下听说公主惩罚了他送过来的人,会以为公主或娘娘对自己有怨言,到时说不定会再把娘娘送走的。"

皇帝叔叔又打算把母亲送走?靖之被这话吓住了,再不敢抱怨。反倒是羊献容听阿惠委婉提醒之后,把这些宫人叫到一块儿,很和气地对他们说:"如今公主年纪渐长,不可再成日玩闹,尔等就教她做些针线女红吧。"

她说这话,靖之就偎在她膝前,把宫人脸上的惊慌与不安看得很清楚,还带了一些后悔:早知如此,还不如好好陪她玩哩。

其实作为公主,针线好不好并不那么要紧,靖之不认真学也不会有麻烦,但那些宫人就惨了,都得一针一线地仔细绣给她作花样子。

每每想起这些人脖子发疼、眼睛发酸的样子,靖之就想笑:母亲可算是替自己出气了哩。靖之知道,他们害怕母亲,尽管母亲从来不打骂他们,甚至几乎从未提高声音吩咐他们做事,这些人瞧母亲的眼光仍然十分敬畏。

没有人敷衍自己好是好,可依旧无聊得很。趁着宫人们飞针走线之机,靖之摸到花园,揪个花儿摘个草儿什么的,懒懒地打发时间。花园里堆砌着一座假山，层层垒垒，格外精致。又正值仲春时节，几蓬黄素馨攀着假山蜿蜒，灿烂地绽放花朵，密密层层交织在一起，将假山下的山洞完全遮住了。

靖之倚着洞壁，慢慢整理采摘的花草，想要编个花冠，假山外却传来脚步声和说话声，一个尖细的嗓音说："今儿个陛下宴请朝臣，可是真热闹，我还是第一次看到那么美妙的舞姿呢。"

另一个内侍也轻声回道："听说是从南地来的舞娘，果然与咱们宫里的不一样。"

"是啊，真好看……"

两个人说着话，脚步声也渐渐远去。

靖之眼睛一亮：皇帝叔叔此时要宴请朝臣，不在宫里了，那自己偷偷跑出去玩一会儿，应该不会有人注意吧？而且她只是去御花园玩一会儿，不惹事、不闯祸，应该没事的。

孩童爱玩的天性驱使靖之暂时忘了母亲的话，她穿出假山，宫人们还在弘训宫里装模作样地找她，而她弯着身子，像一只小猫般，轻巧地躲开了宫人们的视线，跑进了御花园。

御花园里，一片姹紫嫣红，红的花，绿的草，湖边的柳树摇摆着枝条，黄色的素馨装点了所有的假山，几个小宫人挎着篮子在花丛中穿梭，攀比着谁摘的花最美。

曾经，这片天地是靖之玩乐的天堂，她像一条跃入水中的鱼儿，欢呼一声就往花丛环绕中的假山空地里跑去，那里有很多的石头，还有不知道谁养的一只大猫，它们都是靖之最好的玩伴。

但今天那里已经被人先占了，一群内侍宫人站在外围，看着四五个小孩子围着那只肥嘟嘟的大猫丢石头，最大的孩子不过八九岁，最小那个也才四岁左右。大猫被石头砸得凶狠惨叫，四处乱窜，但受伤的后腿却限制了它的行动，怎么也逃不出宫人们的包围圈，只能豢着毛，徒劳地嘶吼。好几个内侍露出来的手背上都带着被猫抓的伤，偶尔还会被石子打在身上，他们也不敢呼痛，还要装作高兴地叫好：

"二公主力气真大!"

"四公主这边这边,用力,打中了,真棒!"

"这个这个,五皇子,这块石头圆,不会伤了您的手,您用这个砸!"

"四公主砸中了,好厉害!啊,二公主也砸中了!"

欢呼声伴着大猫声嘶力竭的惨叫,它后腿上的毛被血浸湿,湿答答的一片,沾满泥土,每次躲避石子的时候,它只能用后腿撑着地面,翻过身子让开。

那样可怜又无助,挣扎着求生,却没有人同情,没有人帮忙。忽然大猫看到了靖之,"喵呜"一声,拼命想要躲过来。不知是谁飞起一脚,正踢中它的肚子,它发出一声极刺耳的惨叫,像是一把刮刀锉着每个人的耳鼓。

靖之心里突然蹿上来一股怒火,还夹杂着一种说不清是什么的情绪,让她很难受,鼻子发酸。她忘了躲藏,大步朝那些人走过去。

"你是谁?站在那里干什么?"被叫作五皇子的小孩儿发现了她,指着她的手里还抓着一块石头。

靖之一巴掌打落他手中的石头,抢到中间去抱起大猫,大声地说:"我是司马靖之,是你们的姐姐。你们不要这样残忍!"

"残忍?"五皇子歪头看她,"我们不过是跟大猫玩儿啊!"

怀里的大猫奋力挣扎,锋利的爪子穿过她的衣袖,扎在皮肤上有些疼。靖之想忍住,但受了惊吓与挑衅的猫参着毛,完全不受她安抚,若不是后腿受伤,挥舞的爪子都要将她的脸给抓破了。

"那我拿石头扔你,跟你玩儿!"靖之怒气冲天地瞪着他们,从地上捡起石头,作势要丢过去,吓得几个宫人忙跑过来将五皇子挡在身后。不过靖之没真敢扔,这些弟妹们她见过,那天迎接母亲回宫时,他们跟在皇后婶婶后面,只站了那么一小会儿就回去了,甚至都没有跟母亲见礼问好。"你们伤害大猫,只为了取乐,就是残酷。快放开大猫!"

"这是你的猫吗?你为什么将它扔在外面?"四公主不过四五岁,说话还带着奶音,"乳母说在外面的都是没人要的野猫,脏猫!"

她边说边将手里的小石子扔过去，不偏不倚，正好砸在靖之身上，生疼生疼的，她忍了忍，抱着猫往外冲，宫人们碍于她公主的身份，也不敢出手阻拦。

那边二公主却已经发现了她的意图，大叫着跑了过来："咱们玩得好好的，你怎么跑来抢咱们的猫？来人啊，快逮住她！"她一边跑，一边拿手里的石子砸过去。

五皇子也急了，跟着就追，大声嚷着："还我猫！我不砸它了，快还我！"他跑得跌跌撞撞，唬得宫人们没命地跟上来，生怕皇子公主有个什么闪失。

靖之一口气冲到院角，那里有棵不算高的杨树，她之前爬过，并不难，此时却没法抱着受伤的猫攀上去。

"快跑！"她奋力把大猫举高，叫它上树，"翻出去他们就追不到你了，快走呀！"

也许真的听懂了她的话，大猫扭着圆滚滚的身子，用力一跃，爪子抓住树皮，三蹿两蹿，就蹿到树梢头，跟着翻过墙头。

靖之的手背也被猫爪子狠狠抓了一记，血红的爪痕触目惊心。她正疼得直哈气，冷不防二公主一头跑过来，拍打着她不停地哭叫："还我还我！把玩具还我！"打了几下还不够解气，又拿脚使劲儿踢。

靖之让来让去让不开，下意识地推了她一把。但她力气更大一些，二公主站立不稳，两只小手乱捞乱抓，竟狠狠地在跟上来的五皇子脸上抓了一把，两个小孩儿一起摔倒，滚作一团。

事出突然，宫人内侍们吓了一跳，赶紧围过来搀扶，慌乱中也不知哪个人发出一声惊呼："血！五皇子的头流血了！"随后便响起五皇子的哭声："好疼！母妃，父皇，好疼！"

"快回宫！传御医！"有人慌乱地喊着，腿脚快的早已经跑了出去。

宫人们吓得手足无措，七手八脚地抱起五皇子，捂着他额头的帕子被鲜血浸红，看着触目惊心。四公主也吓得哇哇大哭，抱着奶娘要回去。

一群人呼啦啦地就要走，有官人去抱已经看呆了的二公主，她却回头看着靖之，恶狠狠地说："你弄伤了殊弟弟，贵妃娘娘不会放过你的！"

她的声音湮没在嘈杂的人声里，但司马靖之还是听清楚了每一个字，脑袋"嗡"地一响：五皇子司马殊是贵妃的儿子，也是皇帝叔叔最喜欢的孩子，现在因为她受伤了，皇帝叔叔是不是要责怪她和母亲？母亲又会被人送走吗？

不，她不要与母亲分开！

靖之不由自主地往后退去，嘴里含糊地喊着："不是我，不是我弄伤的，不是我！"也不管别人听清楚了没有，转身就朝弘训宫跑去。

官人们见她风风火火地冲回来，正想问些什么，她根本顾不上理睬，一口气冲到内殿，看见母亲好好地靠着软榻看书，并未发现自己出了宫。心口还在怦怦直跳，靖之喘着气，巴巴地望着母亲，却又不知道要怎么跟她开口。

羊献容抬头看见她一身的狼狈，微微皱起眉，责怪道："怎么弄得这么脏？头发也散了，过来！"

她从软榻上坐起身，冲女儿招手。靖之乖乖地站过去，任她给自己整理头发和衣襟，倚在她怀里，轻轻地恳求："母后，不要离开我！"

羊献容一愣，想托起她的脸看看她怎么了，靖之却使劲儿抱住母亲不肯抬头。羊献容只好算了，无奈笑道："好，母后不离开，以后都陪着靖之，好不好？"

"嗯！"靖之在她怀里用力点头，刚刚整理好的头发又被她蹭得乱七八糟，看得羊献容只想笑。

还好，无论晋朝的皇位如何变换更迭，靖之依然安好，若能一直这样，她这个母亲受些委屈又如何？只要靖之一切都好。

温暖和煦的春阳透过窗户照进屋里，为这对紧紧相拥的母女镀上了一层明亮的光晕，有种岁月沉静的美好。

这段时间无论朝臣们如何明示暗示，羊献容只留在弘训宫中，谢绝一切探访，不对朝政发表任何看法。她以为这样总该能让司马炽放下心来，让她陪着靖之在宫里多住些时日，却没想到最先引来司马炽怒火的却是靖之。

司马炽一身怒火冲进弘训宫时，她正在与靖之用饭。寻常的炙肉炙菜，比起她在陪都的饮食只多了一份羊乳，那是靖之最爱喝的。

羊献容微笑地看着女儿喝完羊乳，嘴唇上沾了一层白边，正要取笑她是长了白胡子的老公公。猛然看见司马炽挟怒而来，直闯到自己的内殿，冲自己怒喝道："皇嫂是什么意思？莫非是觉得朕待皇嫂太过客气，竟然纵容靖之伤害殊儿？殊儿是朕最疼爱的儿子，如今头受了重伤，皇嫂却与靖之安然用膳，真是让人寒心！"

正起身行礼的羊献容心里浮起极大的疑惑，冷静地说："陛下言重了，靖之这几日并没有出宫胡闹，怎会伤了殊皇子？这中间恐怕有误会吧。"

"哼，皇嫂的意思，难道是朕诬陷靖之吗？"司马炽身量魁梧，发怒的样子有些吓人，司马靖之躲在母亲身后，躲避他的目光，却躲不开他的质问："靖之，你说，殊儿的头是不是你伤的？"

羊献容也回头去看女儿，她害怕瑟缩的样子已经说明了一切。她心里叹气，正要请罪，司马靖之却猛地抬头，大声申辩说："不是我伤的殊儿，是二公主！二公主拿石头丢我、踢我、打我，她摔倒时扯到了殊儿，殊儿才摔倒的！是二公主弄伤殊儿的，不是我！"

"靖之！"这番解释令司马炽更暴跳如雷，羊献容赶紧喝止女儿，却已经晚了。

司马炽凶狠地瞪着靖之，却质问羊献容说："皇嫂就是这样教导靖之的吗？殊儿聪慧伶俐，人人都知道他是朕属意的太子人选，如今靖之伤了他，还要将过错推到他人身上，莫不是正中皇嫂下怀？若是殊儿因此落得跟皇兄一般，皇嫂是否要断了我大晋江山？"

　　他此言一出，羊献容脸色顿时变得苍白如纸：先不论这话里的意思如何，只是断送大晋江山这四个字她就担不起，今天这一关是无论如何也过不去了。

　　"靖之如此顽劣不堪，都是她身边女官疏于劝导之故，该拖出去斩了！来人！"司马炽看羊献容想要上前阻止，冷冷一笑，"皇嫂以后还是多花些心思教导靖之吧，别的事还是少插手吧！"

　　那样凌厉森冷、仿佛想要将她一口吞噬的眼神，令羊献容求饶的话都冻结了。

　　内侍上前拖了阿惠就走，阿惠没有求饶，只是含泪看着靖之，脸上甚至还带着笑。不知道为什么，靖之突然觉得自己看懂了阿惠要说的话：

　　只要自己好，阿惠怎样都没关系，哪怕是丢了性命，只要自己和母亲都好好的，阿惠就能放心地去了。

　　靖之只觉得整个人直朝看不见的空洞里坠了下去。不行，阿惠不可以出事！她的记忆里，有很长一段时间都没有母亲，却从来没有失去过阿惠！

　　在内侍即将走出殿门的时候，靖之突然扑了上去——她扑向了司马炽，死死抱住他的双腿，哭喊道："不是我，不是我弄伤殊儿的！皇帝叔叔，求你放过阿惠，求你啦！"

　　司光炽恼怒不已，示意宫官过来把她拉开。靖之眼看阿惠要被人拖走，情急之下脱口而出："叔叔，上回你带走了我父皇，父皇就没了。现在你又要带走阿惠，将来你也会这样对我和母亲……"

　　她没能够说完，因为羊献容抢上几步，直接一巴掌挥在她的脸上，厉声呵斥道："都是你顽劣不堪才致使五皇子受伤，如今还要狡辩，你父皇可是这般教导你的？你是公主，你的一言一行牵涉的都是他人的性命，若是日后再这般不听话，我定不饶你！"

　　这事发生得太突然了，所有人都呆若木鸡。原本听到靖之那番话，司马炽铁青着脸，正要暗示侍卫动手，不想羊献容却抢着教训女儿。他掂量了一下，终于没再让侍卫有所行动，只冷冷地看着羊献容怒气冲冲地责打女儿。

　　靖之从没见过母亲这般严厉，脸颊上火辣辣地疼，竟是被吓呆了。

羊献容没有再理会她，而是转向司马炽行礼道："请陛下恕罪，靖之年纪还小，行事无度，都是我教女无方，才导致五皇子受伤，我愿到寺庙为五皇子祈福，望陛下恩准。"

司马炽看向她的目光有些迟疑，似乎在衡量她话里的意图，羊献容垂下眼睛，轻声说道："其实这些年在陪都，我早已一心向佛，只是心中挂念靖之，不忍割舍骨肉之情。倘若陛下恩准靖之与我同行，我愿意皈依我佛，从此长伴青灯，不问世事。"

她这话说得很坚定，低眉垂目的样子是一种完全的示弱，这是在向司马炽表明自己的态度：若是司马炽能放过靖之和阿惠，她愿意完全放弃自己在朝堂上的影响力，在皇家寺庙中度过一生。

在司马炽眼里，这是一场极不对等的交易，换成他，他是肯定不会愿意的。所以他看向羊献容的目光里有不容错过的怀疑，怀疑羊献容在耍手段。

靖之从没见过母亲向人示弱，这样的母亲仍然高贵从容，姿态也很优雅，但不知道为什么，她看着就觉得难受，忍不住喊了一声："母后！"

这一声引得司马炽的目光又向她看过去，看到她就会想起儿子司马殊额头上流出的血，眉头又皱紧了。

羊献容没有错过他的表情，快步走向妆台，一手拿起阿惠做女红的剪刀，另一手毫不犹豫地剪了下去。"咔嚓"一声，那乌黑的长发随之散落，飘了一地，吓坏了一屋的人。

靖之和阿惠更是哭喊出声。

"母后！"

"娘娘！"

羊献容摆手制止了她们，向司马炽道："陛下，我真心向佛，请陛下成全。"

司马炽的目光在地上的头发上停了半天，才终于换上一副笑容："皇嫂这是做什么？殊儿年纪尚小，受不起皇嫂为他祈福。既然皇嫂有向佛之心，孤自然不会阻拦，明天孤就命人送皇嫂与靖之到皇家寺庙，也会嘱咐住持多

加照顾。"

这是终于过关了。

羊献容松了口气,行礼谢恩,恭送司马炽出去,看着双颊红肿、欲言又止的靖之,只觉得满心疲惫,只吩咐阿惠收拾行李,便回了内室。

靖之看着地上的断发,泪水忍不住落下来,她看着阿惠,哭得止不住:"阿惠,母后是不是生我气了?我不是故意跑出去的,真的不是我弄伤殊儿的,真的不是……"

一身狼狈的阿惠过来抱住她安慰,看着地上的落发,只是叹了口气。

皇家寺庙占地广袤，遍植松柏，彼时匆匆移植，枝头点缀新绿，还未长成森森大树，但那份幽静落寞的意境，已经渐渐滋生。

就在靖之十二岁生辰的这天，她与母亲羊献容搬进了寺庵里，随行的只有阿惠和一个小小的包袱，装着她们的衣服。

寺庵的主持将她们安置在西北角的院子里，地方很小，只有四间厢房，屋内的摆设也都很简朴，一张云床，一张桌子，几张凳子，除此之外再没有别的家具。

皇帝叔叔派人来传话，说让母亲安心修禅，他一定不会让人来打扰她们。而寺院的生活一向清苦，如今没有成群的宫人伺候，阿惠一个人既要忙活三餐，还要照顾她们母女，整天忙得团团转，靖之与母亲不得不开始像普通人那样打理自己的生活。

初夏的清晨，阳光清亮明媚，穿过层叠的树叶在地上洒下宛如宝石般的光斑。靖之握着扫帚，照着阿惠教的那样一下一下地挥动，仔细地清扫着院子。耳边传来里屋母亲喃喃诵经的声音，与远处大殿里传来的诵经声融合在一起。

扫完院子，靖之扶着扫把抬头仰望：蔚蓝的天空中挂着绵软的白云，被茂密的树枝遮挡着，也被寺庙高耸的院墙遮挡着。

母亲说她们以后要一直住在这里了，再也不能回宫，让她不要调皮，寺庵里不能随意乱跑玩耍，要是她还不听话，那她们连这寺庵也不能待了。

也许，她以后都要在这高耸的墙里生活了，每天窝在这个院子里，听着枯燥的诵经声，扫着地，望着天，就这么过完她的十三岁、十四岁和以后的很多很多个生辰……

第二章 风云突变

山寺之中不知岁月，日升日落安静而自有其规律，司马靖之附和着大殿那边的唱经声，仔细地清扫着小径上的草屑尘土，有微风拂过，前方有花瓣被吹落，打着旋儿，飘飘忽忽地往下掉，在她挥动扫把时又上升一点儿，左右摇摆着，无根、无定。

这是她在此唯一可以玩的"游戏"了。

每天三更时分，寺院撞响第一声晨钟，阿惠就会把她叫醒，陪着羊献容先诵完一卷佛经。此时的佛经很多是直接就着天竺语音直译为汉字，她根本听不懂母亲念的是什么。

"母亲，不如您教我认字吧？"靖之难得地想要学点儿什么了，"这样我就可以自己读经书了，不然跟您跪经时老是打瞌睡。"

可羊献容的回答那样令她不解："孩子，知书识礼对你并非好事，你现在这样很好。"

而佛寺只许早午两餐，晌午之后不会再像以前那样，可以吃些小点心，也不许吃任何牛乳羊乳。羊献容之前一直住在离宫，日子过得清简，还没有什么。靖之正是长身体的时候，两顿素餐根本吃不饱。

还好有阿惠，常常会匀出一份自己的吃食给她。

但她知道阿惠也饿，就只肯少少地吃一点儿，剩下的还是推给阿惠，让她吃："你也饿，你吃！"

"奴婢不饿呀！"阿惠却总是笑着告诉她，"公主还要长个儿，所以才会觉得饿哩！奴婢已经是大人了，一向就吃得很少。"

靖之看了几天，阿惠确实没有像她想的那样饿得难受，到处偷偷找东西吃，这才放心地接受阿惠匀给她的吃食了。

看到她并没有因为出宫而难受，阿惠就很开心，每天变着法儿给她弄好吃的。靖之很开心，因为她发现出宫之后阿惠好像也轻松多了，笑着的时候眼角再不像以前那样绷紧了，仿佛时时刻刻都在防备着什么。

这样很好，靖之心想，如果母亲也能像阿惠这样开心就好了。

她将扫好的草屑归拢在一起，方便寺院里的小沙弥来收走，靖之扛着扫把进院子，正看到阿惠煮好茶给母亲送进屋去。

羊献容跪坐在云床上，茶桌上摆着一本经书，她低垂着眼眸，神情安静而虔诚。旁边阿惠小声地劝她："娘娘歇会儿吧，喝口茶，您都诵了一早上了。"

羊献容诵完一小节，如真正的修行人一般施了礼，才下了云床，坐在靠窗的凳子上，接过阿惠递过来的茶盏，说道："不过是诵经，并不累。陛下洪恩送我们来寺庙，自当为陛下和大晋朝祈福。"

阿惠躬身应了声"是"，转身收拾云床。

司马靖之抬脚就要掀开帘子进去，却听见母亲低低地叹了口气，轻声问道："阿惠，你说我们这样平静的日子还能过多久？"

"娘娘！"阿惠的声音带着颤抖，却极力压制着一丝不安。

母亲又叹了口气："不管多久，能过一天就过一天吧。阿惠你谨记，一定要照看好靖之，别让她又闯祸。"

"是，娘娘。公主很乖，并没有出院子太远，也不与寺庙的人说话。只是，"阿惠顿了下，才又说道，"只是公主也太孤单了。"

母亲的声音里带着笑，还带着好些靖之无法理解的情绪："孤单吗，也不是不好，以前在宫里不孤单吗？好歹现在自在些。"

阿惠又答了声"是"，两人便再没说话。司马靖之却不想再进去了。

自来到这里，母亲丝毫没有怨言，成日安静地诵经，皇帝叔叔总算说话算数，宫里没有人来打扰她们，每日送吃食的也是寺庙里的小沙弥。比起以前在宫里仆佣环绕的情形，她们现在的日子任谁看了都要说一声寒酸，母亲却安之如饴，甚至比在宫里还轻松几分。只是不知道为什么，她总觉得母亲还在担心什么，尤其是望着她的时候，眼神里甚至透露出几分担忧来，跟得知她闯祸弄伤了司马殊的头时一样，又好像不一样。

靖之坐在院门口的青石台阶上，双手撑着下巴望着天。

　　她们都已经住到寺庙里来了，皇帝叔叔也说过不会让人来打扰她们了，她也知道错了，再也不会跟皇子女们争论闯祸了，母亲还在担心什么呢？

　　这样的日子又过去几天，就被皇后突如其来的大驾光临给打断了。而皇后不但没有摆出鸾仪，也没有让寺庙里的人通传，只带着几名近侍，就直接走进她们住的小院子，好像普通百姓串门那样随意，惊得正在诵经的羊献容差点儿连行礼都忘记了。

　　皇后笑着让她们免礼，羊献容躬身请她上坐，又吩咐了阿惠去煎茶。皇后只说来看她和靖之，拉着靖之的手一个劲儿地夸。

　　"靖之生辰本该办场宴会好好热闹一场，偏偏出了殊儿的事，殊儿是贵妃的心肝，自小聪慧伶俐，陛下也多疼了几分，宫里每天闹腾得不得了，委屈我们靖之了，皇婶给你陪个不是，靖之可别跟你皇帝叔叔置气了啊。"

　　皇后说着，挥手让人抬进来几个箱子，装饰得格外精致，她笑道："这都是给我们靖之的礼物，快看看喜欢不喜欢。"

　　有机灵的宫人赶着替她掀开箱盖，里面装着小弹弓小弓箭什么的，还有全套粉紫色的骑装。司马靖之从小生活在皇宫，珍珠宝玉见得多了，反而是这些特制的小玩意很少见到——以前父亲还在的时候，她跟着父亲看过侍卫们对战骑射，觉得他们威武得很，父亲还答应让人教她骑射。母亲本来答应要给她做骑装弓箭的，后来母亲被送出宫了，她身边只得阿惠陪伴，别说骑射，连个教导礼仪或读书的女官都没有一个。如今这些小弓箭和骑装就摆在眼前，心底那道快要揭过去的遗憾又活跃起来，她的眼睛顿时亮了，可怜巴巴地望着母亲。

　　羊献容叹口气，起身行礼谢恩，又拉过靖之："还不快谢过你皇婶娘？"

　　靖之欢欢喜喜地行了礼，站在母亲身旁，眼睛就没从箱子上移开过，耳畔听得皇后还在跟母亲说话，不由得竖起了耳朵。

　　"说起来靖之还是第一次离宫，往日里她在宫里还不觉得怎样，这一不在跟前了，还真是怪想念的，陛下嘴上不说，心里也念叨着靖之呢。这些礼物都早早就备下了，结果因为殊儿的事都耽误了。"

　　羊献容回答得还是那样小心："多谢陛下和皇后记挂。"

皇后又笑道："都是一家人，说什么谢不谢的。只是皇帝金口玉言，如今不好反口让你们搬回去。这不，马上就到三月的皇家围猎了，陛下让我过来看看。若是皇嫂方便，带着靖之一起去围猎吧，散散心也好。"

围猎！靖之眼睛又亮了：父皇在时她还很小，不能参加围猎，后来皇帝叔叔继位了，根本没人跟她提过这事，如今皇后娘娘竟然邀请她和母亲一起参加哩！

阿惠给她讲过，猎场很大很大，有很多树呀花呀草呀，有很多马儿，还有很多兔子山鸡野兽……最令她神往的却是猎场在宫外，那是她从来没有见过的世界，多么新鲜，多么稀罕，多么好玩啊！

司马靖之就这么眼睛亮亮地看着羊献容，小手也不自觉地抓住了她的衣袖。

尽管心里在叹气，羊献容还是保持谦逊的笑容看着皇后："多谢娘娘记挂，我与靖之感激不尽，届时一定会参加的。"

皇后起身扶她，两个人握着手相对一笑，各自掩藏了心思。

只有司马靖之笑得开心，毫不掩饰发自内心的开心：真的要去围猎哩！野外的猎场，没有见过的动物啊——我来啦！

因为有了期盼，靖之觉得日子过得真慢。晚上天刚擦黑，她便迫不及待地缠着阿惠和母亲赶紧睡觉，每天睁开眼睛看到阿惠，总要开心地大喊一声："新的一天！"

她每天缠着母亲问围猎的事，但先皇在位时几乎没去围猎，羊献容自然没机会参加，这令靖之更加充满了期待。至于皇后送来的那套骑装，她让阿惠挂在自己的屋子里，每天都要看一遍才满意。

很快就到了围猎的日子。皇后娘娘提前一天派了马车来接她们，靖之根本不肯跟母亲和阿惠一起坐在车里，她磨了羊献容很久，终于被允许行车时可以推开厢门，看看沿途的风景。

三月的春日阳光煦暖温和，连风都带着暖乎乎的香气，吹在脸上时又轻又软又柔。靖之"咯咯"笑得开心，掀开帘子对母亲和阿惠嚷道："好舒服的风，跟猫儿毛蹭在脸上一样！"

羊献容慈爱地看着她，伸手替她抚平鬓边的乱发。阿惠也将身子探出了车厢，学她闭着眼睛感受春风，笑道："是呢，好舒服啊。"

靖之笑得更开心了，她觉得出了寺庙之后，母亲好像不那么忧伤了，看着自己的目光也跟这春风一样，柔柔的，令人心里舒坦。直到马车进了围猎的营地，官人引她们进入准备好的营帐，她才勉强忍住了笑。

"娘娘请先安歇。"领路的大官人满面笑容，看着司马靖之，"陛下说要亲自猎一头麋鹿为公主殿下庆贺生辰，皇后正在准备晚上的宫宴呢。"

羊献容微笑点头，向皇帝和皇后表示感谢，大官人又吩咐其他官人伺候好她们，稍晚些来请她们赴宴，便躬身离开，去向皇后复命。

"母亲母亲，这里好大，有好多树，好多马，还有狗儿！"官人刚一离开，靖之忍不住跳起来嚷道，又取出自己的小弓小箭摆弄。

阿惠一边收拾着她们的随身物品，一边看着她的公主微笑。此时的司马靖之就像是没有见过世面的乡下孩子，看到什么都能跳起来惊叫，这种毫不掩饰的快乐,她已经好久没有在靖之身上看到了。

羊献容随意打量着布置得华丽规整的营帐,里面的摆设都是按照皇家规格来的,就好像她仍然是皇后一般,服侍的宫人也谨守规矩,待她和靖之恭敬无比。

这样周到体贴,这样尊崇恭敬,不知道为何,她竟生出一股不太好的感觉。

靖之毕竟是个孩子,一大早起来乘车,坐了大半天的车才赶到营地,用过膳食,闹腾了一会儿就累了。阿惠服侍她躺下,挥退了其他宫人,又上前为羊献容更衣。

"娘娘,您也歇歇吧。"阿惠轻声劝说,那样的柔声细语听在迷糊的靖之耳朵里,跟哄她睡觉的小调一般,好听又助眠,她唇边绽开一抹笑花。

安静的营帐里有细细碎碎的衣物摩擦声响起,随后靖之就被抱进了一个温暖的怀抱。羊献容压低的声音在她耳边响起:"陛下态度突然转变,我总觉得不安,阿惠。"

"娘娘!"阿惠凑近了些,声音又轻又小,"您是看出什么了吗?"

"我看不出什么,"羊献容摇头,缓慢地抚着靖之的鬓角,轻声交代,"晚上的宫宴你要跟紧靖之,不要让她乱来。"顿了顿,她好似自语般说道:"莫不是对于我与靖之修行一事,朝中大臣有所非议?"

睡意蒙胧的靖之努力抓住思绪,想要听听母亲说的非议是什么,但羊献容却不再出声,连阿惠也只是安静地在塌边收拾,再不开口说话了。

营帐外人马声嘈嘈,夹杂着猎狗猖狂凶猛的叫声,越发衬出营帐的静谧安宁。司马靖之靠在母亲怀中,唇角挂着笑,沉入了梦乡。

晚宴场面十分盛大,皇帝率领文臣武将围着篝火喝酒取乐,皇后则在中宫大帐中主持款待后宫妃嫔和官眷。一盘盘喷香的炙肉和着浓烈的酒香,熏得人欲醉。

司马靖之随羊献容一起坐在皇后娘娘下手,伺候娘娘的大宫人时时关照她

们母女,一屋子的女眷便都看着皇后的脸色,对她们热情不已。羊献容不过一袭素净的禅衣,端坐其间,笑容清浅,姿容仪态之美好连皇后娘娘都及不上。靖之笑弯的大眼睛里溢满笑意,正如才入口的蜜水那样甜美。

帐外的喧哗声渐起,有宫人进来禀报:"陛下请靖之公主去帐外,诸君要为公主献生辰贺礼。"

靖之一愣,转头看母亲。羊献容低垂眉眼看她一眼,又抬头看向皇后,带笑的话语里有着一丝嗔怪:"靖之都是大孩子了,陛下这般宠爱她,莫要把她宠坏了。"

皇后看着靖之慈爱地笑道:"靖之纯真可爱,是先皇唯一的公主,再多的宠爱也是她应得的。"旁边早有宫人捧着雕刻精美的盒子上前,她接着说,"这是皇婶娘送给靖之的生辰礼,比不得陛下亲手猎的麋鹿,也是婶娘的一片心。"

见母亲没有推辞,靖之赶紧起身向皇后行礼道谢,皇后含笑催促她:"快出去吧,莫让你皇帝叔叔等久了。"

羊献容仍然没有劝止的意思,靖之乖乖地又行过一礼,道了声"是",让阿惠捧着盒子跟出去。跨出营帐的时候,她忍不住回头,正看见皇后执起母亲的手,正在说着什么;而母亲虽然含笑侧耳倾听,却分明向她投来一道担忧的目光。

母亲是在担心她,可是,靖之不明白她在担心什么,皇帝叔叔一直都是对她好的,围猎也要带着她一起,让她在猎场随便玩,母亲到底在担忧什么?母亲回宫后的担忧,对皇帝叔叔的防备,还有母亲说的大臣非议,这些到底都是什么?

一路走到皇帝司马炽跟前,靖之脑子里都在转着这些问题。

篝火熊熊,照得整个营地宛如白昼。靖之被带到最大的篝火旁,皇帝举到唇边的酒樽放了下来,大笑着招手,让她坐到自己身边去,摸着她的头笑道:"我们靖之在寺庙受苦了,靖之可是怪叔叔了?"

身旁的阿惠"扑通"一声跪了下去,伏地还没说话,就听皇帝继续笑道:

"小孩子玩闹，受点儿伤都是常事，都是贵妃大惊小怪，叔叔也没办法，才不得不罚靖之。如今殊儿的头也没事了，叔叔给你赔罪，靖之就不怪叔叔了吧？"

他话里没有半点儿架子，全然一副亲叔叔疼爱侄女的模样，就像以前父亲那样，惹她生气了就凑过来陪不是，逗得她笑了才罢休。

靖之高兴地笑了，摇头道："都是靖之不懂事，才害得殊儿弟弟受伤的，母亲责罚靖之，靖之已经知错了。"

皇帝又大笑起来，亲手取过匕首从架在火上的炙肉上切割下炙肉块，送到她面前："叔叔亲自猎的麋鹿，是送给我们靖之的生辰贺礼，喜欢吗？"

银盘里的炙肉冒着热气，滋滋的油香扑鼻，靖之眼睛亮亮的，抓了一小块肉塞进嘴里，鲜得她差点儿咬到自己的舌头。她重重点头："嗯！"

皇帝更加喜形于色，而周围的文臣武将们纷纷举杯，还让各自的侍从捧上各色猎物和礼盒，说是庆祝靖之公主生辰的礼物，外面营地里顿时热闹得宛如宫里庆典。

阿惠仍然伏在地上，皇帝没有叫她起来，其他人自然也就不记得她，靖之身边的盒子堆得高高的，她抬眼都要看不见她的公主了。所有人都笑呵呵地庆祝公主生辰，似乎公主真的就是今日的生辰。

明明，都已经过去快两个月了。

皇帝兴致高，与臣子们宴饮直到深夜仍不散。靖之在阿惠和几个宫人的伺候下吃了许多炙肉，司马炽甚至让她就着自己的杯子尝了一口酒。年纪小小的她很快就撑不住开始打瞌睡，司马炽便吩咐人送她回去，临走之时，还嘱咐她明天与皇子女们玩得开心些。

司马靖之是被阿惠抱回去的，羊献容已经在营帐里等着她们了。安置靖之躺下，挥退了宫人之后，阿惠才小声地将皇帝的行为说给羊献容听："看来陛下是真的疼公主，为公主补过生辰。为殊皇子的伤责罚公主，只怕也是因贵妃不依不饶才不得不为之。"

羊献容半天没有说话。

靖之困得连眼皮都睁不开，却还是拉着母亲的手，含糊说道："母亲，皇帝叔叔是真对我好……"

羊献容摇头笑了笑，抚着她的脸庞轻声道："好，陛下是真对我们靖之好，睡吧。"她声音轻柔，有着某种明显的放松。

靖之知道母亲这是不再执着于皇帝叔叔的态度了，放心地闭上眼睛睡了过去。羊献容静静地看着她的睡颜，良久之后才又轻声嘱咐阿惠："不管怎样，看顾好靖之吧。"

"是。"跪在塌前的阿惠的声音里依旧是不变的坚定。

不知是因为皇帝事先嘱咐过了,还是因为小孩子天生就不会记仇,第二天当靖之带着阿惠出现在营地的马场上时,几个皇子女都表现出了对待小伙伴的热情,五皇子殊跑过来拉着她的手,喊她"大猫靖之"——他头上的伤早就好了,没有留疤,已经完全看不出是受过伤的了。

年纪最大的二公主骑在一匹雪白的小马上,由宫人牵着到靖之跟前,笑着夸赞靖之的骑装漂亮,又回头吩咐马倌给靖之挑一匹温驯的马驹,让她和他们一起玩儿。

几个孩子骑上各自的小马,由马倌和宫人们牵着在草地上遛,偶尔会有侍卫带着他们跑上一段,孩子们兴奋得不行,惊呼声和欢叫声此起彼伏。

阿惠看着侍卫带着公主跑马,这孩子第一次骑马,竟没有半点儿胆怯,小小的身子被高大的侍卫挡住了,几乎看不见,但分明听见了她清脆的笑声,满是欢乐与肆意张扬。

公主真是开心——阿惠放下心来——看来陛下上次发怒真的只是因为贵妃忧心殊皇子的伤势而起,娘娘的担忧并不会成真。她的公主想必今后都能这般开心了。

有宫人叫她去端点心蜜水——皇子女们跑完马该吃点心了。阿惠看了一眼在马上大笑的靖之,觉得暂时走开一小会儿出不了什么事,便快步去了。

靖之最后一个跑到终点,回来下马时觉得双腿发软,差点儿摔倒在地,其他皇子皇女瞧得哈哈大笑,四公主蹦跳着嚷道:"靖之害怕了,靖之害怕了!"

靖之用力站稳了,红着脸分辩:"我才不怕,我只是……只是……"

孩子们又笑起来,靖之没忍住也笑了,五皇子司马殊又让侍卫带着自己上马跑了一圈,回来兴奋地提议:"我们明天赛马吧!"

大家一愣:"赛马?"

司马殊点点头,指着身后跟过来的侍卫说:"侍卫们就经常赛马,胜者还

有奖励,看,他的腰刀就是赛马赢来的!"

大家的目光移到侍卫的腰刀上——古朴但镶嵌宝石的刀鞘,雕刻花纹的刀柄磨得发亮,散发着青铜特有的森冷之气,即便刀没拔出鞘,他们也觉得这定是一把好刀。

在好玩的天性和对奖励的渴望的驱使下,孩子们纷纷同意:"好!明日赛马,要有奖励!"

"有什么奖励?"司马靖之也来了兴趣,凑上去问道。

大家一愣,是啊,什么奖励呢?他们都是孩子,拿刀剑作为奖品肯定不行,虽然可以用马匹做奖励,可是除了司马靖之,他们都有自己的小马,谁也不想拿自己的小马出来做奖励,最后二公主拍一拍手,说道:"奖励只能给一个人,不好玩,要不我们罚输了的人吧。"

她说话时眼睛一直瞪着其他弟妹,本来有人要反驳的,看到她的眼色也没敢出声。对啊,他们都有自己的小马,都会骑马,肯定不会输给第一次骑马的靖之,当然是惩罚输的人了。可是,要怎么惩罚呢?

"果子。"奶声奶气的声音响起,大家转头看去,却是四公主正在向自己的乳母要蜜饯果子吃,司马殊顿时记了起来:"母妃说父亲的帐篷里有进贡的蜜饯果子,很甜很好吃,谁要是输了,就罚他去偷蜜饯果子来给大家吃,好不好?"

哪个孩子不嘴馋呢?何况这还是进贡给皇帝的蜜饯果子,当下个个拍手叫好,一场如同儿戏般的赛马比赛就这么定下了。

才不过一个下午,已经让司马靖之喜欢上了骑马,但她清楚地知道自己的骑术比其他人差太多了,哪怕才五岁的四公主坐在小马上也像模像样,跑起来的速度也比她快。

晚宴帝后照例设宴,靖之很快吃完,禀告过母亲后回了营帐便嚷着要歇息,等阿惠伺候她躺下后再去服侍羊献容,她却悄悄起身,去了马场,牵出那匹小马,继续练习骑术。

她倒不是怕输,就算输了也只是去皇帝叔叔的营帐偷些蜜饯果子而已,不

是多大的事，她以前就常常偷父皇寝殿里的果子吃。只是这个赛马的惩罚怎么看都是针对她的，那她就一定不能输。

那匹小马虽然很温驯，跑起来时马背上仍然十分颠簸，靖之一次次从马上摔下来，她按照白天马倌说的那样，竭力护住脖子和头脸，还是摔得鼻青脸肿，浑身生疼。当她又一次摔下马之后，她没能像之前一样飞快地爬起来。腰臀部闷闷的疼痛让她只想瘫在地上，鼻腔里觉得酸涩。她觉得自己真没用，以前盼着母亲回宫，但母亲回宫了，自己却总是闯祸，害得母亲对着皇帝叔叔和皇婶娘低声下气，还被迫搬到寺庙去住。她本想练好赛马，明天赢了比赛，将只有皇帝叔叔能吃到的果子捧给母亲让她高兴，现在不过是练习骑马摔了几次，就疼得起不来，简直是没用到极点！她忍不住坐在地上抽泣，却不想惊动了一队巡营的侍卫，立刻朝她围了过来。

待看清不过像是宫里的小姑娘躲在这儿哭鼻子，领头那人示意其他人继续巡逻，自己走上前去，问道："你是谁？怎么会在此处哭泣？"

靖之抬起头，看到这侍卫背着火光站立，一身戎甲，高大威武。靖之认得他，在昨日的晚宴上她见过这人，据说是士族卫家的长公子，名叫卫阙。

她抽抽鼻子，竭力撑起身，刚想自报家门，又怕卫阙会把这事报告母亲，话到嘴边竟变成了："我是靖之公主……的婢女。"

卫阙一愣，打量了她几眼，又看了看她身后甩着尾巴吃草的小马，问道："亥时（晚上21:00点）已过，你不在营帐中伺候公主，来马场做什么？"

说到这个，靖之觉得身上更疼了，但还是说道："公主已经歇息了。只是皇子公主约好明日赛马，我……公主没骑过马，让奴婢代替参赛，可奴婢骑术不精，所以晚上来练练。"显然练习的效果并不好，卫阙的目光看向她红肿的双眼，青紫的面容，衣服上沾着的草屑，再转向她扶着后腰缓缓揉着的手，她一只手扶着马鞍，身体半靠着马匹，一副不想也不能移动的样子，站立的双腿也分得很开，姿势很怪异。卫阙却知道，这是练习骑马太多的缘故。腰臀持续受力会酸疼难忍，而大腿内侧在马鞍上反复摩擦，极有可能红肿破皮了。

看不出来，这小宫女倒颇有些倔强坚韧，这副不达目的誓不罢休的姿态让

卫阙生出了几分欣赏。

看她顶着一张肿胀的脸,一瘸一拐地又要爬上马背,卫阙忍不住出声指点:"上马时挺直腰,身体前倾一些!"

靖之回头看他一眼,咬着牙,还是照他说的挺直腰跨上马背,抓住缰绳,刚要挥鞭子,卫阙的声音又响起:"缰绳放松,身体重心再靠前一些,大腿靠紧马鞍,小腿放松,不要夹马肚子!"

他语气严厉,像是训练自己的士兵一样。靖之下意识地照着他的话做,大腿靠紧马鞍时,一阵难耐的刺疼让她再一次咬紧牙关,挺直的身形却没有丝毫摇晃。

这是个能忍且能吃苦的丫头!卫阙唇角一抹似有若无的笑,挥手示意:"小腿轻轻夹马腹,缰绳放一放,好,就这样,夹一下马腹,抖一下缰绳,跑起来!"

他话音落,靖之双腿用力,忍着难耐的刺痛,真的稳稳地跑了起来!

"哇,真的跑起来了!"她发出一声欢快的惊呼。

卫阙又指点她如何催促马匹加速:"不是拿鞭子抽就可以的,你压低身子,要紧一紧缰绳,双腿要用力夹紧,然后再挥鞭子……"

几趟下来,司马靖之发现,即便是小马,也能跑得像风一样快。她十分开心,骑着马一趟趟地跑。

卫阙淡淡地看着她跑到尽头,掉了个头又往回跑,越来越稳,马速也越来越快。这丫头倒是聪明,稍微指点一下,就能很快掌握窍门。但他还要巡营,却是不能在这里等她了。

司马靖之骑马回到原点时,只看到卫阙远去的背影。她也没叫他,静静地看了一会儿,掉转马头,再次开始了练习。

当卫阙再次巡营过来时,发现那小姑娘还在一趟趟地跑马,咬着嘴唇倔强不肯认输的样子,让他忍不住再次停下脚步看着她。直到她把马都累得开始喷鼻息了,卫阙才催促她赶紧回去歇息。

看着她蹒跚地往靖之公主的营帐走去,卫阙缓缓皱起了眉头。这小丫头,真的只是公主的奴婢吗？这样坚韧，这样倔强，跟宫里那些低眉顺眼的奴婢完全不一样哩。

此时皇后的宴席方散，营地篝火照映下，人群分散着往各个营帐而去。司马靖之飞快地上榻，蒙好被子，做出一副一直在乖乖歇息的样子，并未引起羊献容和阿惠的怀疑。

靖之心里喜滋滋的，临走时卫阙说她骑得不错，明日定能胜过五皇子他们，想到二公主瞠目结舌的呆傻样，靖之忍不住蒙在被子里笑，然后带着这份开心沉入了梦乡。

翌日天清气爽，暖风拂面，真是赛马的好日子。

靖之赶到约定的赛马场地时，其他人早到了，皇子公主们还特意吩咐侍从将自己的马儿打理干净，一眼望过去，雄赳赳气昂昂的。只有靖之的小马，由于练习到很晚，显出几分疲态。

靖之赶紧按照卫阙教的，抱住马头安抚，又给它喂了新鲜的草料和水。上马的时候扯到酸疼的大腿和臀部，她咧了咧嘴，咬牙挺直腰背，坐上马背，裁判的官人令旗一挥，众马一齐冲了出去。

刚奔出一程，靖之就开始后悔昨夜没有听卫阙的话早些回去歇息。卫阙说初学骑马练习太过反而会造成肌肉酸疼，不利于比赛，当时她不相信，可现在自己大腿酸疼无力，根本无法稳稳夹住马腹，自然也不敢跑得太快。靖之悔之晚矣，一个劲儿地在心里骂自己是蠢蛋。

不出众人预料，果然是靖之输了。在孩子们的取笑和奚落声中，她垂头丧气地向皇帝叔叔的皇帐走去，身后却传来二公主的叫声："靖之，要偷啊，不是找父皇要，不能让父皇知道，明白吗？"

"知道啦！"靖之没好气地答道，行动更多了几分小心。围绕皇帐的侍卫营帐里静悄悄的，这时候他们都出去围猎了，让一心想着"偷东西"的靖之松了口气，毕竟穿过一群侍卫摸到皇帐偷东西，光想想都觉得压力太大。

偌大的皇帐位于整个营地的正中间，司马靖之径直穿过去，猫着身子闪到

里面。司马炽的皇帐几乎有小半个御花园那样大，就寝处单独隔开，其他地方则效仿听政的殿堂那样布置，毕竟就算围猎期间，皇帝也要会见朝臣、处理一些紧急事务。

靖之原本以为里面会有不少宫人伺候，自己可以混在当中，不料大帐里竟然空空荡荡，连一个宫人都没有，安静得有些吓人。她迅速打量了一圈，没有见到任何蜜饯果子的影子，想了一下，便往就寝的内间摸去。

正当她伸出一只手，将要揭开帘幔时，里面却传出了说话声——

"真的只要和亲就行？"这声音竟是司马炽，他居然没有出去围猎。

靖之吓了一跳，第一个反应就是快躲。忽然又听得另外一个陌生男人的声音："陛下当知我汉赵铁骑天下无敌，不过是送个公主和亲，将来汉赵与大晋永为亲家，我定当尽全力匡助陛下，何乐而不为呢？"

司马炽的声音有几分犹豫："不知赵王看中的是哪位公主？实不相瞒，孤的女儿们年龄都还小……"

那男人哈哈一笑："选哪位公主全凭陛下做主就是。"

里面的谈话似乎一时半会儿不会结束，司马靖之皱了皱眉，皇帝叔叔是要与汉赵和亲？她听说过，自汉以来，朝廷与匈奴常有和亲，嫁到塞外的公主贵女们却鲜有好下场的，不知道这次的倒霉鬼会是谁。想到皇帝司马炽对母亲和自己的态度，她莫名地升起一阵担心：叔叔就算现在对自己好，可到底更疼自己的女儿，那……那他不会把自己送出去吧？不，不！

她用力甩头，将心里突然升起来的担忧甩出去，忽然又松了口气：不可能是自己的，自己跟母亲住寺院，几乎是半个出家人了哩。对啊，不会是自己。趁现在没人发现，还是赶紧找蜜饯果子吧。她不死心地在外面到处乱找，心想哪怕找到一盘隔夜的蜜饯果子也能交差啊。

她轻手轻脚地翻找，可惜宫人们收拾得干干净净，茶盘里连果子残渣都不剩。这让她十分泄气，一个不当心撞翻了酒壶，"咣"地掉到地上，一路滚了开去。

里面的谈话顿时中止，整个皇帐内显出诡异的安静，司马靖之吓得不敢喘气,一矮身子就往营帐门口跑去,眼角余光却看到什么阴冷的光,在触到营帐门帘的时候,她下意识地回头看,差点儿尖叫出声——里间奔出一名提着长剑的陌生少年,眉眼之间是冷峻的杀气,直冲她而来。

司马靖之吓得一把掀开门帘就冲出皇帐,身后的少年一直紧追不舍,剑尖好几次都差点儿刺中她。所幸他似乎对地形不太熟悉,靖之手脚并用,慌乱地在营帐间穿行躲闪,居然奇迹般地溜脱,一路往羊献容的营帐跑去。

母亲,母亲,她要死了,母亲……

远远地刚看见羊献容的营帐，司马靖之就忍不住想哭，她忍住一口气，飞快地跑过去。

"母亲救命！"还没进门，司马靖之就忍不住哭叫出声，羊献容正在诵经，吓得赶紧和阿惠起身抱住她。不待她们开口，那少年已追踪而至，一句话也不说，手中长剑吞吐寒光，像一条毒蛇，直奔蜷缩在阿惠怀里的靖之刺去。

"啊！"阿惠和靖之同时惊叫出声，羊献容却猛地身子一侧，掷出手中的经书卷住了长剑，稍稍挡了一下，然后她整个人扑了过去，横在少年与靖之之间。

"你……你是什么人，为何要伤害我儿？"尽管已经吓得脸色惨白、浑身发抖，羊献容仍不肯退开半步。

那少年冷眉冷眼，并不答她，手中长剑就势挑开经书，丝毫不停，身子一转，便待绕过羊献容，又向靖之刺去。距离如此之近，剑势如此之急，而她们再没有可用来阻挡的物什——除了自己。

几乎就在同一刹那，羊献容与阿惠一前一后，没有一句提醒，甚至连念头也来不及转一转，两人已将靖之牢牢地护住——那少年要伤害靖之，必须先杀了她们！

剑尖闪着寒光，在即将触上羊献容颈部的皮肤时顿住了，少年定定地看着两个毫不顾惜自己性命的女人，她们吓得浑身发抖，一个还一直在尖叫，但是谁也没有躲开，只是牢牢地护住那个孩子。

如此孤苦无依，只能用生命来保护。她们的尖叫声只怕整个营地都听到了，却没有任何人过来看发生了何事。这是三个完全被抛弃，根本无人在乎的人。或者，有人正期待着借他的手将她们除去呢。

少年的宝剑没有继续递进，自己本想除掉可能的告密者，不想偷听的竟似个王公贵女，可不是轻易就能杀了的。而且事情闹大了，主子若是知道了，也不会高兴。他再次看向羊献容——能用自己的身体毫不犹豫地挡在孩子前面的母亲，与他的母亲何其相似。

犹豫了半晌，他才冷声威胁："不管你听到了什么，看到了什么，若是外传一个字，我必将你诛杀！"

靖之浑身抖如筛糠，连话都说不出来。羊献容从少年的话里听出了一线生机，忙道："我儿年幼，素来疏于管教，性子天真烂漫，且其先父乃天生愚钝之人，并不聪慧，无意中听到的话语必不能解其意，我亦会严加告诫，绝不会让她走漏一言半语。"

那少年脸上仍然没有半点儿表情，只是又说了一句："天道盟誓！"

时人注重天道、誓言，若以天道盟誓，必不敢违背，否则天降惩罚，祸及后人。羊献容半点儿不敢迟疑，举手指天盟誓，那少年方才收剑离开。

帐内三人顿时委顿在地，靖之扑进羊后怀里放声大哭起来。羊献容拍抚着她安慰，以目光示意阿惠出去察看。

阿惠用力数次才撑起身，战战兢兢地凑到门口往外看，营地里依然安静如初，仿佛方才什么事都没发生，那少年也不见了踪迹，她这才小心地退回来，冲羊献容摇了摇头。

羊献容这才真的放了心，搂着靖之小声安慰，又给她喂了水，折腾半天，靖之才勉强平复情绪。羊献容问她到底出了什么事，靖之知道自己这次闯的祸比上次更大，不敢隐瞒，噙着满眼泪水将经过说了，说到被那少年追杀时，她忍不住又开始发抖，阿惠只得将她再抱住。

羊献容皱紧了眉头，问道："你说，他们说起了和亲和汉赵？还说了什么？有说到公主吗？哪位公主？"

靖之抽泣着回答："皇帝叔叔说他的女儿们还小，那人就说哪位公主全凭皇帝叔叔做主。"

羊献容抿紧唇，心里泛起阵阵冷笑，连牙齿都开始发酸。司马炽这算盘打的倒是不错，汉赵乃是匈奴人所建，其强横的骑兵令积弱不堪的晋国畏之如虎，所以司马炽才铤而走险私下与汉赵结盟，想要借此稳固皇位，那时他就再也不用顾忌先皇的遗孤了，而他要付出的不过是一个公主，甚至都不会是他的

亲生女儿，只要他祭出国家大义和先皇来，提出送靖之去和亲，朝中只怕也无人会反对。

可恨他不敢在明面上除掉她们母女，便打算用这种手段，真是卑鄙！

羊献容暗暗咬牙，这几天皇帝并没有针对她们母女有啥动静，她一直提着的心便也放下了，没料到司马炽暗中却在进行着如此大的阴谋。

只是，他想与汉赵结盟，朝臣并不会同意吧？否则他也不会选在所有人都出去狩猎，营地里只剩下女人和孩子的时候才与使者密谋。

看着仍在抹眼泪的靖之，羊献容下定决心。她本无意与司马炽争夺什么，但也绝不会允许司马炽牺牲她的女儿，既如此，那她就与司马炽博弈一回吧。

当晚，围猎的人陆续回营，羊献容让阿惠找借口到各世家大族的营帐里去传递了消息。到了亥时末，她悄悄地带着阿惠出了营地，走进猎场旁的小树林。

小树林里没有升篝火，月光下能看到影影绰绰的人。阿惠紧紧跟着羊献容，心跳快得几乎喘不过气来。

"娘娘，他们真的都会来吗？会不会有人去向陛下告密？"阿惠紧张地小声问道。

羊献容苦笑着说："不来又如何？告密又如何？难道我能看着他让靖之去和亲？我没有选择。"说完，她抬脚进了树林。

然而，就如阿惠担心的那样，羊献容只来得及与几个士族的长者碰上面，司马炽突然带人闯入，将他们团团围住。

一身戎装冕冠的司马炽端坐在马上，命人将火把举到羊献容身前，居高临下地看着她冷笑："三更半夜，皇嫂私会士家大族，不知意欲何为？"

"陛下跟着我的脚后跟就到了，如何算得上私会？"羊献容亦报之以冷笑，"都说事无不可对人言，我意欲何为，陛下等我与各位长者说明之后，不就明了了吗？"

士族的几人互相看看，都从对方的眼睛里看到了慎重。陛下与羊后，如今这是正面对上了吗？那他们这些士族，是要面临选择了吗？陛下是正统的司马氏子弟，拥有司马氏的名望与权力，能保障他们士族的利益，但羊后娘娘辅助先帝处理政事多年，深谙朝政，在如今汉赵威胁下，有稳定军心与国本之力，覆巢之下无完卵的道理他们也明白，选择哪一方，似乎都是有利有弊，倒让他们为难了。

火光照映下，羊献容将士族们的心思看了个透彻。果然，她不在宫中这些年，无法与士族保持密切联系了，这些人只怕都有所动摇，真心维护自己的怕是没有了，都是些骑墙之辈。她深吸口气，刚要说话，司马炽却抢先挥手下令："还不快送羊后娘娘回营帐？"立刻就有侍卫抢上来，粗暴地要将二人押回营帐。

一旦回帐，只怕立刻就会被看管起来，再也不会有机会从大臣那里得到援助了。羊献容深知司马炽的性格，挣扎着大声道："陛下这是要软禁我吗？别忘了我还是你的皇嫂，是先皇的正宫皇后！"当着这么多士族长者的面，这是她唯一的机会了。她是先皇的正宫皇后，她的母家也是洛阳最大最显赫的士族之一，这两个条件不但是她可以在朝堂上站住脚的根本，也是以往她数度身陷险境却能平安度过的重要倚靠。

几个士族的长者都听明白了她的暗示，再次互相看了看，有人拧眉上前，似乎想说话，司马炽却伸手制止了他，只是笑道："皇嫂想多了，夜深了，朕只是担心靖之一个人在营帐里，会有什么意外。还请皇嫂赶紧回帐歇息，看着靖之。至于各位爱卿，想必有事要与朕说，是不是？"

这是在拿靖之威胁她了。羊献容咬紧牙，气得发抖，却明白自己什么也做不了。司马炽再蠢，可他是皇帝，想要对她们母女不利不过是一句话的事，而她，却要费尽心机。士族大家拥护朝廷，为的不过是家族利益，若司马炽真能许以重利，这些人还有多少会为她们母女出头？羊献容不敢想。

在司马炽目光的逼视下，士族中有人垂下了头，却也有人昂首向羊献容施礼道："夜深露重，羊后娘娘还请回帐歇息，围猎结束回到洛阳，臣等随时奉召。"——这是在暗示她，他们是不会允许皇帝伤害她们母女的，至少在围猎结束之前她们性命应该无忧。

羊献容勉强松了口气。司马炽本就防着她与朝臣接触，今晚的会面触了他的底线，若没有士族说话，他定会肆无忌惮地对付她们母女。如今有人开口了，司马炽为了坐稳皇位，在正式与匈奴结盟之前，他还会顾及各大世家的想法。

看着那个女人的背影，司马炽再次冷笑，目光森冷阴沉，却在看向朝臣时变得无奈，带着笼络的意味说道："爱卿们有什么大事要与皇嫂商议？再过两日就回洛阳了，何必急在一时？既然各位爱卿都无心睡眠，不如与朕同去再饮一杯吧。"众人谦让一番，各自回去了。

果然从这日开始，羊献容的营帐便被牢牢看管起来，连靖之也不允许走出营帐玩耍了。而靖之也害怕出门落单被灭口，不敢请求出去，成天与母亲、阿惠在营帐中说话打发时间。

不久，围猎结束，车马浩浩荡荡回到洛阳。靖之原以为她们依旧回寺庙，却不料侍卫直接将车马押去了弘训宫。宫门外，一队全副武装的侍卫将弘训宫围得铁桶似的，滴水不漏。

五

这是要将她们彻底囚禁了。

羊献容脸色低沉,阿惠则面色发白,不安地看着羊献容。这回就连靖之也感觉到了,扯着母亲的衣角,愧疚不安,又惴惴地问:"母亲,都是因为靖之闯了祸……"

羊献容低头看她,摇摇头,牵着她进了内殿,却是没有说话。靖之又看阿惠,阿惠却只是摸摸她的头,也不说话,一副忧心忡忡,好像马上有大祸要临头的样子。

不出所料,司马炽随后就过来了,他身后宫人捧着的托盘,上面放着白绫。才进入正殿,他根本不向羊献容客套,开门见山地宣布:"皇嫂真是聪慧过人,不过是靖之的几句话,就猜出朕要与匈奴结盟,竟然竭力联合各大世家来打压朕。既然与匈奴结盟无望,靖之也不用和亲了,那她活着也就没用了,不如随皇兄去了,一家人在地底下团聚如何?"

羊献容虽然早有心理准备,一颗心仍如坠入深渊一般,竭力保持平静的语气申辩:"陛下与匈奴媾和,然而他们狼子野心,此举不异于与虎谋皮。如今我晋室江山本就岌岌可危,匈奴汉赵却提出与我晋室和亲,谁知他们是不是打着和亲的幌子,在暗中图谋我晋室江山?我一介妇人都知匈奴不可信,大臣焉能支持与之结盟?陛下怕是怪错了人吧。"

"国家大事就不劳皇嫂费心了!"见她一语道破自己的谋算,司马炽恼羞成怒,目光触及靖之,却又换上一副假惺惺的惋惜之色:"只是可惜了我们靖之,小小年纪就要陪着皇嫂殒命,朕可是真心疼你的呢。"

羊献容挡在靖之身前,道:"陛下既疼爱靖之,怎么忍心如此待她?靖之与她父亲一样,天真不知世事,陛下真的不能容下她吗?"

司马炽沉吟片刻,摇头道:"朕就是疼她,才不忍她失去双亲,孤零零地活在世上。朕不是容不下她,而是皇嫂和其他人容不下朕!朕能如何,朕也很无奈啊。"

这可是真真的无耻了！

羊献容咬牙，忍住满腔怒火，周旋道："陛下这说的是什么话！且不说我如今托赖于陛下的庇护，靠陛下仁慈才留得性命，只说靖之，乃是陛下嫡亲的侄女，我如何会不顾靖之与陛下的情分，与外人合谋来反陛下？那晚约见士族长者，不过是想与大家商议和亲的人选，为陛下分担忧虑罢了，并无意将匈奴之事告知。"

她这话十分在理。本来以往公主和亲，很少是真正的公主，多半指宗室女为公主嫁出去。她如此说也等于表明立场：自己只是担心女儿，并无意威胁司马炽的帝位。

司马炽就算不全相信她这番说辞，到底无言反驳。羊献容升起几分信心，又说："陛下是我司马氏之擎天柱，我乃司马氏之媳，扳倒了陛下，于我又有何好处？陛下如今不过是觉得与汉赵联盟不成，怕士族转而支持于我，才要杀我母女灭口，殊不知大臣们既不支持陛下与汉赵联盟，如今我母女又殒命，岂不是更会引起大臣的怀疑？对陛下的计划可是大大的不妙。我既为司马氏之媳，必定是为司马氏考量，陛下拳拳为国之心，大臣们不理解，我还能不知？且容我为陛下谋划，看如何解开士族们对与汉赵联盟的误解，必让陛下稳坐皇位，可好？"

司马炽微微一愣："皇嫂当真肯为朕谋划？"他很清楚自己的皇帝宝座是怎么来的，如果身为皇嫂的羊献容肯站在自己一边，倒省了他不少心力。

羊献容点头："陛下能容下我母女苟活，我自当为陛下效力。"

司马炽再次沉吟，最后却只道："朕要仔细思量之后才能答复皇嫂。"总算没有命人马上处死她们。

三人依旧被困在弘训宫中，只是羊献容却开始忙碌起来，日日到御书房与陛下周旋谈判，回宫后亦不得安歇。靖之几次夜里醒来，仍能看见母亲在灯下伏案疾书的身影，短短三五日，母亲竟不知不觉憔悴了许多。

母亲这般殚精竭虑，令司马靖之心中更加不安。她后悔自己不该逞强好胜地与皇子公主们赛马，不该偷跑进皇帝营帐中偷蜜饯，更不该在被追杀时跑进母亲的营帐。要是当时她被那个少年剑客杀了，母亲或许还能活着吧？至少不用像现在一样被皇帝叔叔逼着要赐死了。

每每想到这些，靖之就痛悔不已，自责不已，几日下来，连话都说得少了。

但羊献容已经无暇顾及女儿的心情，这几日她费尽心机与口舌，司马炽的态度却始终在摇摆，并不愿意给她们一条活路，而且她想尽办法，在司马炽能容忍的范围内向各士族许以利益，踩着司马炽与士族的底线多次谈判，真的让许多士族改而支持司马炽，却反而令司马炽对她越发忌惮。

果不出所料，这天司马炽再次来到弘训宫，身后宫人捧着的盘子里除了白绫，更多了一个玉瓶。

羊献容长叹一口气，跪伏在地，道："陛下，我自愿为先皇殉葬，恳求陛下恩准。只是陛下与先皇到底是手足兄弟，还请陛下看在先皇的面上，放靖之一条活路吧。"

"娘娘！""母亲！"靖之与阿惠低呼。

羊献容伸手制止她们，将身子伏得更低，恳求道："陛下所虑唯我耳，不必牵扯靖之。她年幼不知世事，并无人支持她，我所求不过是她的一条命罢了。就以我之命换她之命，陛下既是真心疼她，就留她活着又如何？"

司马炽目光在她身上打了两个转，知她所说句句属实，也不再坚持："既然皇嫂一心追随皇兄而去，那朕就准许皇嫂随葬先皇吧。至于靖之，朕会抚养她长大，皇嫂就放心吧。"

羊献容大拜谢恩。

既是要殉葬，依据皇室规矩，羊献容自即日起需要开始斋戒，到皇室宗祠诵经，待七日后送入先皇陵寝合葬。司马炽怕她反悔，命人立刻将她送去宗祠，连与靖之阿惠话别的机会都没有。而他还十分理直气壮："七日斋戒期满，自会让靖之来送行，皇嫂不必急于这一时。"

看着母亲几乎是被人押走，靖之挣扎着想要追出去，却被阿惠死死地抱住，捂住她的嘴，不让她哭喊："公主，公主，不要去！不能让娘娘白死，你

要好好地活着啊。"阿惠流着泪,在她耳边一遍遍地说着。

靖之哭倒在她怀里。是啊,母亲用自己的命换了她的命,她怎么还能去求皇帝叔叔放过母亲?她总是闯祸,总是连累母亲,她这样冲出去会不会再次闯祸?可是,可是,她要眼睁睁地看着母亲死去吗?

"阿惠,阿惠,我该怎么办?母亲该怎么办?我要怎么做才能救母亲?"她哭成了一个泪人儿。而阿惠也只能陪着她哭,一遍一遍地摇头。

七天很快就过去了,终于到了羊献容殉葬的这一日。一大早,靖之没等阿惠过来伺候,就早早起床收拾。而后司马炽派人过来,将她与阿惠一起带到宗祠,与羊献容做最后的道别。

宗祠内摆着历代祖宗牌位和祭祀法器,各色祭品也摆了满屋。司马靖之无心打量,只紧紧地盯着母亲。比之前几日,一身素衣的母亲更清减了些,一双眼里仍带着担忧,是对靖之的担忧。

"日后母亲不在了,你要好好听阿惠的话,好好活下去,知道吗?"羊献容一遍又一遍地为靖之抚平衣襟,细细地叮嘱。

靖之眼里全是泪,仰着头看她:"母亲,都是我不好,我去求皇帝叔叔,求他放了母亲可行?母亲都是因为我,我去给皇帝叔叔赔罪,求他……"

羊献容叹气,抱她进怀里,说道:"傻孩子,这与你没关系。你皇帝叔叔夺了你父皇的皇位,现在又想要杀了你和我。纵使你不闯祸,他也总能找到借口来杀我们的。母亲死了不要紧,你却不能死,一定要活下去,你是母亲用命换回来的,要好好地活着,知道吗?"

"母亲!"司马靖之又哭了,阿惠也忍不住啜泣,羊献容的泪水也落了下来,三个人哭成一团。

正此时,却听得宗祠外传来嘈杂纷乱的脚步声,夹杂着惊恐万分的叫喊——

"快跑,快跑,匈奴人打进洛阳了!"

"匈奴人打进城啦!就要攻进皇宫了,快逃命吧!"

屋内的三人大惊失色,司马靖之惊疑地望向羊献容:"不是说与汉赵和

亲吗？是因为和亲不成才打进来的？"若真是这样，那这场祸事就是她引起的了。

羊献容叹气，示意阿惠去盯着外面的情形，自己则蹲下身，看着靖之，道："匈奴人自称汉赵，受汉人文化熏陶，骨子里却仍是野蛮狡猾。当初与司马炽谈和亲，只怕是缓兵之计，让我晋室对其放松警惕，暗中却早已出兵往洛阳而来了。"

靖之瞠目结舌，不知该说什么才好。假如汉赵真用了这缓兵之计，皇帝叔叔竟半点儿没看出来，还将结盟未成的罪责推到她母女头上，也太愚蠢了些。

阿惠在紧闭的大门前细细听了一会儿，快步走回来，拉着羊献容慌乱道："外面全乱了，只怕是匈奴兵真的进城了。娘娘，我们如今该怎么办？"

羊献容不语，自己又凑到大门前看了看，脸色沉了下去，她迅速转身，毫不迟疑地将靖之与阿惠带到一处隐秘的角落，推开收放祭品的柜子，后面赫然是一条密道的入口。

"匈奴打进来了，洛阳不能待了。这条密道能通到城门口，阿惠你赶紧带靖之逃出去，出了城就往南走，一直到过了长江，到了江南，就能安定生活了。靖之我儿，一定要好好地活着。只要你好好的，母亲便再无所求。"羊献容匆匆交代完，就用力将她们推进密道。

司马靖之拉着她的衣袖不放："母亲你跟我们一起逃吧。现在匈奴人还在城外，母亲可以跟我们一起走的！"

羊献容却用力抽回衣袖，道："母亲要守在这里，不能跟你一起走，不然他们会发现密道的入口。你跟阿惠走，要听阿惠的话，乖乖的不要闯祸，知道吗？"她忍了忍，又道，"不管怎样，都要活着。母亲只要你活着。"

靖之却扑过来又抓住她的衣袖，哭喊着："我不要，我要跟母亲在一起，我不要母亲死！"

羊献容终于忍不住将她抱住，哽咽着说："母亲不死，匈奴人打进来了，司马炽也没空来逼母亲死了。所以靖之也不要死，要活着，母亲也不死，也会活着，将来我们母女才能重逢，对不对？"

"嗯！"靖之点头。

羊献容擦干她的眼泪，将她交给阿惠抱住，再次将她们送进密道，这才反身出去，将柜子重新推过来，遮住了密道的入口，也将她自己完全从司马靖之的眼睛里抹去。

"母亲！"靖之哭着呼唤，却被阿惠捂住了嘴。

阿惠道："公主别哭，我们要赶紧走，我们走得越远，娘娘就能越快离开宗祠逃跑。只要我们都活着，以后一定能重逢的！"

听到她们走了母亲也能逃走，司马靖之顿时擦干了眼泪，拉着阿惠就往密道深处走去。

"那我们快走！"

第三章　一路向南

地道很窄，很黑，阿惠握在手里的火把好像随时都会熄灭一样，就只那么小小的一簇火，却是她们此刻唯一的指望。

司马靖之一只手胡乱地在脸上擦着泪水，另一只手紧紧地拽住阿惠的衣带，深一脚浅一脚地跟着阿惠往前走。她想回头去找母亲，她高贵美丽的母亲一个人被留在那么大的宗祠里，应该是会害怕的吧？她也害怕，想尖叫，想大声哭，可是母亲说不能哭，阿惠让她不要发出声响，会引来乱兵的，这样她就再也见不到母亲了。

母亲，母亲……

突然阿惠踉跄一下，扑倒在地上，那支小火把脱手甩了出去，在地道里滚了几下就熄灭了，无边的黑暗瞬间湮没了她们。

靖之跟着也栽倒在地，幸亏阿惠转手抱住她，一只手捂住她的嘴，在她耳边小声地道："别出声，别出声，疼也别出声……"

靖之的惊叫声被死死地压住了，她瞪大眼睛望着前面，好像那里有只怪兽，正张大嘴巴，等着吃了她们似的。

有人吗？是谁？

靖之下意识地又拽紧了阿惠的衣襟。而阿惠则浑身发抖，将她紧紧地搂进怀里，用自己的身体将她整个裹住，似乎这样她就不会被怪兽发现一样。

两个人都屏住了呼吸，互相依偎着，等待着最终落到她们头上的命运。

黑暗中，有轻微的脚步声响起，随后是微弱的亮光在晃动。靖之知道她们逃不掉了，既然这样，她还不如回头去找母亲，有母亲陪着她就什么都不怕了。

她拿定了主意，挣脱阿惠的手，刚起身要往回跑，却听身后传来一声惊讶的轻呼："靖之公主？"

司马靖之的脚步顿住，回头看去，就见一个身披铠甲的少年卫士，手里提着明晃晃的长剑，在火把的映照下折射着冰冷刺眼的光。

——是那个在围猎场里追杀她的人。

靖之怔怔看着他，在阿惠抢上前护卫她之前，她问少年："你是来杀我的吗？"

少年卫士愣了一下，似乎不明白她为什么这么说。靖之接着说："可以让我去找母亲吗？我把母亲丢在宗祠里了，等我找到母亲你再杀我好不好？"

少年卫士手里的长剑微微一颤，阿惠立刻紧张地挺直了身体，张臂将靖之整个挡住，道："公主快跑，奴婢拖住他，公主你快跑！"

司马靖之下意识地就要转身，那少年卫士却及时地说了句："我不杀你们，放心吧。"他收起长剑，将手里的火把往前递了递，又问，"这条地道通往何处？"

靖之顿住脚步，伸手抓住阿惠。她勉强稳住了发抖的身子，看着少年的双眼里仍然满是警惕："我们为什么要告诉你？"

少年卫士脸色冷漠，说出的话却让她们喜出望外："外面到处是乱兵，仅凭你们两个是逃不出去的。不如我们结伴同行，你们带我离开地道，等到了地道口我引开乱兵，你们趁机逃跑。"

这倒是个不错的主意。阿惠心想。刚才她就在担心地道出口附近会不会也有乱兵，她和公主手无缚鸡之力，定然逃不出去。娘娘嘱咐她一定要保护公主活下去，如果有这个人帮忙，她们逃出去的机会就更大了。

于是阿惠点头同意，少年卫士很爽快地举着火把在前，按照阿惠指示的道路前进。

司马靖之仍然跟着阿惠，被阿惠护在身后。她伸头看着前面的人，他又把长剑拔了出来，垂在身侧，背影看着让人害怕。

但她知道他这次并不想杀自己，所以也就没有那么害怕了。拐过一个弯道，前面是个三岔口，阿惠去前面确认该走哪条路，靖之没有跟去，她看着少年卫士，问："你不知道地道怎么走，又是怎么进地道的？"

少年看她一眼，回答很简短："凑巧。"

靖之却从他的眼神里看出了一丝窘迫，脑子里灵光一闪，道："你是不是

在地道里迷路了？"她瞪圆了眼睛，侧歪着头，似乎觉得这对于少年来说挺不可思议的。即便是在狼狈逃命，她仍顽皮地打量少年，小圆髻上缀着的珍珠发饰轻轻摇晃，晶亮又可爱。

少年又看了她一眼，却没有回答是不是。靖之走到少年身边，安慰他说："阿惠知道路的，她跟着母亲走过，能带我们出去的。"说到母亲，她的脸色黯淡了几分，忍不住又回头去看，只盼下一刻母亲就会奇迹般从黑暗中走出来似的。

少年顿了顿，伸手顺了一下她勾住发丝的珍珠，轻声道："别担心，你母亲不会有事的。"其实他很清楚，不管这些乱兵是谁的部下，羊献容只怕凶多吉少。但看着这孩子担心的模样，他还是忍不住安慰。

唯一的心愿能得到一个几乎可以视为陌生人的肯定，靖之心中那道微弱的希望之火又明亮、旺盛起来。她抬头冲他绽出一个笑容，甜甜的，暖暖的："谢谢你，你真好。"

少年面上冰封的表情被她的笑容化去少许，正想说什么，阿惠行回来，看到他们俩靠得这样近，警惕地将靖之拉到自己身后，指着左边的地道，说："走这边，前面右转就能出去了。"

少年正要往左走，阿惠跟在后面又提醒说："我看到外面有很多人，你……你小心些。"

少年脚步顿了一顿，在拐进地道之前丢下一句："等我把人引走了，你们再走。"说完他顺手将火把插在地道墙壁上，一转身就隐没在了黑暗里。

靖之跟在阿惠身后，小心地缩在地道的拐角处。前方隐隐地传来呼喝声，应该是那少年在与人打斗，片刻之后脚步声纷杂，像是追着谁去了。

阿惠嘱咐司马靖之在原地藏好，自己悄悄地到前面去看看。很快地她赶回来，拉起靖之的手到了地道口，将她推出去，随后自己也爬了出去。

地道口开得很隐蔽，接近城门，方才少年卫士闹了一场，守门的士兵都忙着追赶他去了。阿惠用灰土在靖之脸上抹了个遍，又扯乱自己身上的衣服，两个人在城门边躲了一阵，看到有逃出城的士族车马过来，阿惠拉着靖之一起混进随队的奴仆里，慌慌张张地出了城。

此时已近傍晚，匈奴兵刚刚攻进城，正忙着在城里抢劫，四处散落着破烂的车马、兵器，时不时地看到大片被血染成黑红色的土地，空气中飘散着古怪而难闻的味道。

司马靖之被阿惠半揽半抱着，吃力地跟在马车后面，她一直走得脚底板生疼，双腿都抬不起来，阿惠于是背起她，说不管多慢，多累，她也要一直走，一直走，只有一直走下去，她们才能活下去。

第三章 一路向南

二

入夜之后,她们再也看不见车马的影子了。阿惠累得不行,司马靖之不肯再让她背着自己,两人互相搀扶着,一步一步地走着,也不知道拐到了哪条道上,竟然在小树林里发现了一支逃难的队伍。

阿惠事先打包了一些糕点干粮,这时就拿了一些出来跟其他逃难的人交换消息,大多数人都是在城门被攻破时逃了出来。

刚开始匈奴兵还跟在后面追,杀死了很多人,后来大约忙着赶回城抢东西,渐渐地撤回去了。大家逃命逃了这么久,又累又饿,暂时在这里休息,等天亮之后继续赶路。

阿惠打听消息的时候,靖之正捧着一块糕点狼吞虎咽,一边吃还一边对阿惠说:"这糕点真好吃,阿惠也吃。"

阿惠微笑地看着她点头,掰了半块吃了,又蹲下身给她捏腿,声音里满是心疼:"腿很疼吧?再忍忍,等咱们逃出去了,找个地方安顿下来,娘子就不用这么苦了。"

自从逃出城,她不敢再在人前称靖之为公主,就随着一般百姓家称呼靖之为娘子。

司马靖之点头又摇头:"阿惠也疼吧?母亲说让我们活下去,只要能活下去,腿疼一点儿也没关系的。"

阿惠眼睛里闪动着泪花,张臂将靖之揽在怀里,在离火堆近的地方,靠着树根打算睡了。

这一天又惊又怕又累,阿惠却不敢睡死了。她拍着靖之的肩膀哄着她睡了,自己却警醒地听着周围的动静。她怕匈奴兵再追上来,也怕这些逃难的人突然翻脸,公主这么小,她得保护公主。

然而来的不是追兵,却是一场暴雨,自深夜突然而至、倾盆而下,转眼间就把难民烧起的火堆浇灭了。小树林里席地而卧的人们被冰凉的雨水一激,顿时全都醒了,急忙起身找地方躲雨。

狂风吹卷黑云,又根本无法生火,林子里伸手看不见五指,所有人乱糟糟地一通跑,活似没头苍蝇一样。忽然听到一个声音在吆喝:"这边有座破庙!"

"哪边?"

"快过来,这边这边!"

阿惠与靖之像是随波逐流的一叶小舟,只能跟着人群往前走,真的有座破庙。

先到的人已经在庙里生起了火堆,温暖的火光在这大雨的黑夜里,仿佛天边的启明星一般,迅速地将人群聚拢过来。

庙真的很破旧,没有门或栅,连院墙也塌了半边,但好在屋顶没有破,能挡雨。阿惠抱着靖之在靠里的地方坐下,背后是破旧的高大佛像,低眉垂眼,慈悲的面容上满是尘土,仿佛无限悲悯地看着涌进来的人。

"阿惠,冷。"靖之浑身衣服都湿透了,小圆髻早就散了,湿发一缕缕粘在脸上,之前别着的珍珠发饰早就不知去向。

阿惠的衣服也湿透了,为难地往火堆那边看了看——人太多了,她俩肯定挤不过去。

"娘子再忍忍,等等衣服就干了。"阿惠一边帮她拧干衣服,一边安慰她。快四月了,这雨水虽然冰凉,总算不至于冷得僵住。

司马靖之缩成一团,环臂紧紧地抱住自己,然后抬头看着阿惠笑:"这样暖和一些,阿惠也这样吧。"

小小的人儿脸色青白,却还是笑望着自己,阿惠只觉得鼻酸,她又往佛像后挪了挪,将小人儿抱进怀里,再紧紧地抱着她,轻笑着道:"这样抱着娘子更暖和呢。"靖之于是咯咯地笑了。

破庙里人越来越多,又有人点起一个火堆,大家彼此挤挤挨挨,比刚才暖和多了。渐渐地,阿惠和靖之的衣服也开始干了,靖之窝进阿惠怀里,又睡了过去。

佛像遮住了靖之,也挡住了阿惠半个身子,熬了大半夜,她再也坚持不住

了，依稀子夜过后，她迷迷糊糊地阖上了眼睛。

不知过去多久，直到一声惨叫划破沉寂。阿惠猛地惊醒了，下意识地捂住靖之的嘴，身子飞快地往佛像后面缩。

一抹雪亮的刀光自眼前划过，原先睡在她俩旁边的那对母子跟着扑倒在地，身上挂着狰狞的刀口。

"哦哦哦——"破庙外传来匈奴兵的呐喊吆喝声，正在庙里大肆杀戮的匈奴兵将手中长刀挥得更快，倒地的人越来越多，跑出破庙的人也没逃过外面士兵的屠刀。

又有人扑倒在她们身前，阿惠打了个冷战，几乎是本能地，将怀里的司马靖之往佛像后一塞，起身就往外逃去。

几乎是在她起身的瞬间，三四把长刀就冲着她挥了过来，阿惠被砍得站不稳，跟跄了几步摔倒在地，正倒在佛像侧边，堵住了往佛像后的缝隙。

司马靖之还那样抱着自己，缩成小小的一团，一双手却拼命地捂住自己的嘴，双眼瞪得大大的，看着阿惠，她想爬过去，阿惠嘴里呛涌出血，眼睛里满是泪水，捂住胸前伤口的手摆动着让她不要动，双唇翕动着，想说什么，却没有声音。

靖之一动也不动地看着她，小小的身体抑制不住地发抖。她知道阿惠在说什么，她是要让自己活下去，跟母亲一样，她让自己无论如何都要活下去。

可是没有了母亲，没有了阿惠，她要怎么活下去？她想喊，想哭，想大声说她不要活下去，她要跟母亲一起，跟阿惠一起。

但在阿惠逐渐失去生气的眼眸注视下，她不敢出声，只能拼命地捂住嘴，将尖叫都压在喉咙里。

在满室浓重的血腥与刽子手得意的大笑声中，靖之觉得连气都喘不上来了，但她不能松开手让自己出声，只能死命忍着，忍着，直到小小的身子软倒在地上，彻底被无尽的黑暗吞没……

当她清醒过来时，天又黑了，破庙里除了冰冷的尸体，已经没有活人了。她坐在阿惠的尸体旁边，愣愣地，也不知道坐了多久。她想挖个坑把阿惠埋起来，但她找不到趁手的工具，也搬不动阿惠，最后只得捡了很多石头和土块堆在阿惠身上。

当太阳重新升起时，她最后看了一眼埋着阿惠的土堆，离开了破庙。

母亲说她必须活下去，阿惠也让她活下去，那她就一定要活下去，即便是一个人，她也要活下去。无论如何。

春日的阳光温暖和煦,道路两旁的杂草树木青绿蓬勃,远远的土地上也是绿油油一片,却看不见在田地里劳作的农人,只有背着包袱、携妻带小,在路上蹒跚行走的逃难者。

司马靖之就是这其中的一个。

她不记得自己走了多久,也不知道走到了哪里,只是记着阿惠说的,她们得往南走,一直往南走。天亮了她就起来走,天黑了就随便找个地方窝一晚上。有时候她能遇到一起往南逃的人,会跟着他们走一段,用阿惠给她藏在小荷包里的首饰换点儿吃的。她的首饰都是宫里制的,精致小巧,一支珍珠发簪刚开始能换不少黍稷,她小心翼翼地吃着,能吃一天。但后来足金的小镯子就只能换一小把黍稷,她数着颗粒吃,也不够饱肚子的。再后来首饰没有了,她饿了一天的肚子,有个老妇人给了她一把豆子,换走了她身上那套骑装——骑装很脏了,但布料一看就是很好的,老妇人说洗干净了可以给她们家小娘子穿。

靖之不想换,但她实在是太饿了,那把豆子她三口两口就吃完了,然后找了个走不动被家里人扔在路边的女孩子,剥了她身上的粗麻布衣穿上。再后来她还用鹿皮小靴子从一辆马车上换到了一小块干肉,特别咸苦,特别干,她怎么嚼都嚼不动,但她还是贴身藏着,一小口一小口地吃,遇到小溪就趴在溪边喝很多的水,这样她就可以留着一口干肉下顿再吃。

等到身上的衣服鞋子都换完了,靖之饿肚子的时间便越来越长了。她看到几个跟她差不多大的孩子饿得挖路边的草根、剥树皮吃,拔出来的根茎还带着泥,就被那些孩子塞进了嘴里,一边吐泥土一边吞了下去。靖之觉得那根茎肯定很难吃,但她太饿了,所以她也去挖,带着泥土的根茎她实在吃不进去,就跑到小溪边去洗,就这么一会儿工夫,那几个吃了根茎的孩子突然口吐白沫,倒在了路边。

靖之吓得赶紧扔了根茎,再也不敢碰了。她要活下去,所以为了活下去,她就不能吃这些会死人的东西。但饿肚子也是会死人的，她不能死，就只能求人给她一口吃的。一路上的人并不多，有食物的人也不多，大部分的人只是将她赶走，偶尔会有人施舍她一点点食物，她总是一口将所有的食物都吃掉，连一点点渣子都不剩。因为她知道，如果她不以最快的速度吃掉，就会有人扑上来抢走。

为了一口食物，这些逃难的人一点儿也不在乎将她打死了扔在路边。但她不能死，所以她也学会了打架，学会了有点儿食物就全部吃掉。

就这样有一顿没一顿的，靖之紧紧地跟着人群，终于到了河边。但这还不是长江，叫作沔水。可不管怎样，人们说过了河就安全多了，匈奴骑兵不能渡河，就再也不能祸害他们了。靖之也开心起来，只要再坚持一下，马上就要到南方了，阿惠死了，但母亲一定会在南方等着她的，只要过了沔水，她就能找到母亲了。

司马靖之听着耳边河水奔流的轰隆声，高兴地往河边跑去，却被脚下的小石子绊了一下，滚进了草丛中。她想爬起来，想到河边去看一眼，但她觉得脸在发热，身子莫名地疼痛，也不知道伤了哪里，抓着杂草的手臂也一点儿力气都使不出，挣扎了几下，她最后没能爬起来，晕在了草丛里。

在她晕过去不久，又有一支南逃的队伍往沔水过来。这支队伍里的人同样的衣衫褴褛，疲惫不堪，但他们并不散乱，队伍外层是强壮的青壮年，骑着马，将老人和孩子围在中间，领头的中年人高大威猛，手执长枪，看着杀气威严。

队伍到了河边的空地上，中年人挥手止住了队伍，又吩咐了一声，队伍里的人便分成了几支，开始扎营。几个健壮的部曲（注：当时的家养私兵）随着首领往河边上过来。

"父亲，现在正是汛期，水流湍急，没有坚固的大船，我们没法过河。"首领身边的少年遥望着不远处的滔滔河水，皱起了眉头。

首领又何尝不知道他说得有道理？但回头看看身后的人群，他只能下命令："你们去附近找找看有没有船只，也问问河边的渔民有没有别的渡河的法

子。"身后的部曲应声离开,分散去搜索周围。

少年也回头看了一下身后的人,向父亲请示说:"父亲,我去找找这附近有啥可吃的野菜。"这一路行来,他们的粮食越来越少了。

张望着河水的首领点头,少年便翻身下马,开始在草丛中寻找可以食用的野菜,队伍里的孩子们也跟着他散开在草丛里寻找。

片刻后,有人发出惊呼:"这里有个人,还活着!"

少年抬头望过去,几步跑过去看了看,回头叫首领:"父亲,是个女孩子,还有救!"

首领闻言,翻身下马,大步过来,将晕倒在草丛中的司马靖之抱起来,送到已经搭建好的营地中。

靖之以为自己死了,她浑身热得难受,又疼得厉害,她想喊叫,嗓子却好像被人掐住了,发不出一点儿声音。她觉得自己一定是死了,被追兵用蒲扇大的手掌掐住了脖子掐死的,否则为什么她会觉得这么难受呢?

母亲,阿惠,对不起,自己没能活下去,还是死了,对不起……

司马靖之再也抑制不住心里的难受,用尽了全身的力气终于哭了出来,却被一声大叫给吓了一跳。

"啊,醒了,醒了,父亲她醒了!"清亮的男孩子的嗓声,带着一丝等待很久的欣喜。

靖之茫然地转着眼珠,看着眼前的人,留着胡子威猛严肃的中年人,旁边是眨巴着眼睛一脸笑的少年,看着比她稍大一些,两人脸上都带着"终于醒过来了"的庆幸。

"你醒了,是不是很难受?"中年人威严的脸上露出一点儿笑意,伸手摸了摸她的额头,道,"你在发烧,又饿了太久,稍后喝点儿粥,吃了药,再好好休息休息就没事了。"

他旁边的少年不住地点头,似乎在肯定他的话。

这话的意思是她还活着,还没死吗?司马靖之屏息感受着自己的身体,浑身酸疼，抬起手臂都困难，鼻腔里呼吸的气息灼热。就这么一会儿的工夫，她就觉得头晕眼花，胸口升起一股恶心想吐的感觉，是她从来没有经历过的难受。

但她笑了，笑得双眼里都是泪花："谢谢，谢谢你救了我，谢谢你让我活下来了……"是的，她还活着，母亲，阿惠，自己还活着。活着，真是太好了，哪怕这么难受也真是太好了！

少年被她又哭又笑的样子弄得有点儿蒙，看看她，又看看中年人，话语里满是不确定："父亲，她……她没事吧？"

中年人摸摸他的头，笑道："她没事，只是太高兴了。林生你在这里陪着她，看着她吃药吧，我先去忙别的事。"

叫作林生的少年乖乖点头："父亲去忙吧，我会照顾好她的。"

等到中年人出去，林生就挪到司马靖之身边，问她："你叫什么名字？怎么会晕倒在草丛里？你的家人呢？他们死了还是南逃了？怎么会丢下你一个人？你一个人走到这里的吗？是怎么做到的？我见过很多像你这样没有父母家人的孩子，都活不过五天呢。"

他对她好奇得不得了，但这一堆的问题却砸得司马靖之头晕眼花，完全不知道该怎么回答，只好说道："我叫靖之，阿惠被匈奴兵杀死了，我跟着南逃的人走过来的。你们也要去南方吗？"

得到回答的林生很高兴，跑出去端回了她的粥和药，一边喂她喝粥一边说道："我叫林生，我父亲是坞堡堡主。坞堡你知道是什么吗？是一种很坚固的地堡，敌人打过来时，我们就凭借坞堡抵抗，敌人就抓不到我们了。父亲带着部曲和乡亲们躲在坞堡里往外射箭，杀死了很多匈奴兵呢。可是后来他们越来越多，有几个地方的坞堡被攻破了，父亲觉得坞堡也不能保护大家了，就带着我们往南逃过来了。"

司马靖之睁大了眼睛听他说，原来匈奴兵是可以用坞堡抵抗的，原来匈奴兵也是可以被杀死的。

"那你们走了，坞堡不就被他们抢了去吗？那以后我们要再回来的时候，

匈奴兵都躲进坞堡里该怎么办？"不知不觉间，靖之吃完了粥，喝完了药，却也听故事听出了神。

"呃……"林生摸了摸头，似乎没想到还会有匈奴兵占领坞堡的操作，正在想该怎么回答，堡主林大叔进来了，笑道："我们自己修建的坞堡，可是我们保护家园和亲人的最后一道堡垒呢，哪里会那么容易就让敌人抢了去？他们就算抢去了，也是进不去坞堡内部的。"

"父亲！"林生跳起来迎接，又用一脸与有荣焉的表情看着靖之，"对，匈奴兵进不去坞堡，只有我们能进去！"

想到被匈奴兵一冲就冲进去了的皇宫，司马靖之忍不住羡慕："坞堡真好啊，林大叔能教我建坞堡吗？"她要是也有一座坞堡，就能带着母亲和阿惠一起躲在里面，匈奴兵就进不去了。

林大叔却摇头笑道："坞堡也不是完全不可攻破的，要不然我们就不会一路逃到沔水边了。只是如今正是汛期，河水太急，又没有可以渡河的船只，我们只能暂时在这里扎营。"

那就是说现在没法过河了。司马靖之扁着嘴，不知道自己接下来该怎么办。林大叔看她这样子，也能猜到她一个孩子想要在这个乱世里活下去是多么困难的一件事。

"现在兵荒马乱，谁也顾不上谁，要想活下去，只有团结一致，互相帮忙，大家一起上路，等退到了安全的南方，说不定就能重建家园了。"林大叔说道，"你叫靖之是吗？我可以留你在我们队伍里，跟着大家一起去南方。"

司马靖之眼睛顿时亮了："真的吗？谢谢林大叔！"

林大叔却抬手阻止她，补充道："先不要谢我，你能不能留下来，还得看你自己。"

"看我自己？"靖之不明白他话里的意思。

林大叔点头，看着她说道："跟着我一起来的人，平日里都会跟着部曲一起练习，遇上寇匪时能保护自己，让部曲能放心杀敌。你要是想留下来，也要学会保护自己，保护大家。学武很苦很累，你怕不怕？"

旁边的林生也看着她,细弱的手握着拳头,做出打人的姿势,表示自己是很厉害的。

司马靖之重重点头,声音坚定:"我要留下来,我不怕苦,我要学会保护自己!"要是她学了武艺,就能保护自己和阿惠,阿惠就不会被匈奴兵杀死了。

她的神情坚定而决绝,带着些说不出的悲戚,殷红的眼眶里有泪水在打转,却拼命忍着不哭出声。

这是个吃了大苦的孩子。林大叔心里叹息,面上却露出欣慰的笑,摸了摸靖之的头,道:"好孩子,那你就留下来吧。"

靖之又重重点头,眼眶里的泪水终于忍不住流了下来。一旁的林生忙凑过来,握着她的手劝道:"不要哭啊,练武也不是那么累的,很有意思的。你不要怕,我会陪着你,你不会的我也会教你,你不要哭!"

看着默默流泪的靖之,林生一直笑着的小脸也垮了下来,似乎她再这么哭下去,他也要哭了一样。

司马靖之被他的样子逗笑了,连泪水都来不及擦,就重重点头:"嗯!"被他握住的手又反过来握住他的,用了很大的力气。林生便也笑了。

孩子之间的友谊就是这么简单,哭哭笑笑,大人们不知道他们怎么了,他们自己却交到了再好不过的朋友。

林大叔看着两个孩子握在一起的手,压在心里的忧郁烦闷终于消散了一些。

从这天开始,林生就成了司马靖之的小跟班,靖之走到哪儿,哪儿就能看到林生的身影。部曲训练的时候,靖之也跟着一起练,绕着河边跑步,扎马步,把木棍当枪一样使劲儿刺出。

她从小娇生惯养,跑步的时候摔倒,扎马步的时候一个屁股蹲儿坐在地上,木棍不是被她扔出去就是打在自己身上,一天下来状况百出。但林生一直陪着她,在她晚上出去跑步的时候,林生也跟着她一起跑。

靖之不让他跟着,对他说:"林生你去睡吧,我自己跑。"粮食越来越少了,加了野菜汤也不能吃饱,大家晚上喝了汤都去睡了,他们出去跑一趟回来肯定会饿得睡不着。

林生却不肯:"我是你的朋友,不能让你一个人跑。"靖之拗不过他,便只能让他跟着。

一起跑步,一起扎马步,拿着木棍对打,打断了几根棍子之后,靖之便练得有模有样了。

林生像只停不下来的布谷鸟,成天叽叽喳喳地跟靖之说这说那。所以在这几天里,靖之知道了他们以前在坞堡里是怎么打仗的,也学会了怎么丢石子打人,春天有哪些野菜可以吃,还学会了怎么辨别藏在草丛里的草药,哪些可以止血,哪些能退热……

林大叔队伍里的人除了他们当地的乡民,还有很多跟司马靖之一样,是在路上收留的,也会跟着部曲们一起训练。他们中有农夫,有商人,有货郎,有猎户,有乞儿,也有曾经的无赖地痞,但此时大家聚在一起,都只是失去了家园、经历过苦难的人。

林生活泼热情,跟每个人都混得很熟,训练完了就会拉着司马靖之东家西家地乱窜,原本跟着他的那队孩子也就跟靖之熟了起来,大家说起自己以前的生活,说到自己都会什么,几个乞儿便得意起来。

"这几年总是打仗,那些兵爷们进城就抢,咱们这些没有父母家人的,要没点儿本事，怎么能活到现在？"瘦瘦小小的被大家叫作二猴的小男孩说道。他穿了一身没有补丁的绸缎衣服，明显太大了，越发衬得他人矮小——这衣服该是他从别人身上扒下来的。

司马靖之低头看了眼自己身上的衣服，也是从别人身上扒的，她跟他们一样，都是没有父母家人的孩子。

二猴的话刚落，其他几个孩子就问他有什么本事，另外几个乞儿也被围着问，他们便连说带比地给大家讲，怎么藏食物，怎么神不知鬼不觉地掏走路人的钱袋子，几个人如何配合倒手，没有肉骨头时怎么躲酒楼后厨的狗儿……

乞儿们会的都是些街头讨生活的法子，上不得台面，就有个孩子跳起来反驳他们："这些算什么本事？我爹爹才有本事呢，会做柳笛，编草蚱蜢，雕马儿狗儿，都能换很多好吃的！"

孩子们顿时来了兴趣，又围过去问草蚱蜢怎么编，马儿狗儿怎么雕。

司马靖之什么都不会，她想自己要活下去，那这些能弄到吃食的"本事"她都想要学。于是训练的间隙里，她便跟着这些孩子学那些他们说的"本事"，一开始她笨手笨脚，渐渐地就有模有样了。

林生见她对这些"下三滥"的事感兴趣，便找了好几个专精这些鸡鸣狗盗之事的人来教她，自己也兴致勃勃地学，孩子们也就都跟着学，等林大叔发现时，整个营地里竟然弥漫着一股浓浓的学习风气——学习鸡鸣狗盗本事的风气！

但林大叔却没精力来管他们，搜寻船只的部曲找到了几艘破旧的大船，也找到了几个船夫，只是如今汛期水急，要想安全渡河，这些大船还都得好好修整一番。于是整个营地里大家都很忙，忙着训练，忙着学掏钱袋子，忙着修理船只……

很快，船只修好了，林大叔唯恐追兵追上来，与船夫们商议后，等到水流终于变得平缓了，带着他们登船出发，浩浩荡荡地驶向对岸。

队伍里的很多人都是第一次坐船，河水流动推动船只，似乎随时都有颠簸翻覆的危险，大家吓得脸色发白，死命抠住船舷，抓住身边的人稳住身子，不

少女人和孩子都吐了，水浪声中逐渐伴随有压低的哭泣声。

在一艘船没能稳住，撞上了暗礁，船上的人被河水冲走之后，哭声便再也压抑不住了。大家在害怕，害怕被河水卷走，害怕身后随时会追上来的敌兵，也害怕对岸茫然未知的未来。

司马靖之也很害怕，她坐的是林大叔的领头船，大而坚固，但在河水的冲击下，依然如同在风中飘摇的花瓣，左右摇摆，好像马上就要脱离船夫的控制，任由水浪摧残。渐渐地，靖之觉得胸口憋闷难受，她趴在船沿边，伸出头去，想吐却吐不出。她腰上绑着一根粗麻绳，一头系着林生，另一头则被林大叔拽在手里，牢牢地绑在粗壮的手臂上，在船被漩涡卷入颠簸的时候，林大叔便使劲儿拽住绳子，拖住她和林生，让他们不会因为力气小抓不住船沿而落进水里。

不知道过了多久，司马靖之才被林大叔拽着绳子给拖到了岸上，浑身湿淋淋，跟刚从水里捞出来一样。大船靠岸时的撞击让船身倾斜，一直趴在船边伸着脖子的靖之一咕咚就落进水里。幸好林大叔早有准备，否则她也被河水卷走了。

她身后的林生随后爬上来，也已经精疲力竭。"听说南方到处都是河流，很多地方靠船出行，可是坐船这么难受，他们怎么受得了？"倒在她身边喘着气，林生的脸皱成一团，好像想到坐船就开始难受了。

司马靖之想说话，张开嘴却发不出声音，过度紧张之后带来的疲累困乏感让她想哭又想笑。落水的那一刻，她以为自己活不下去了，可最后她还是活了下来。

母亲，阿惠，她活着，到了南岸，再继续南下，只要过了长江，她一定可以在没有战乱的南方好好活下去，她保证！

等所有船只靠岸，林大叔便让人去清点上岸的人数。司马靖之和林生歇好了，也爬起来去寻找他们的小伙伴。

渡河艰险，几十人的队伍又少了几个人，好在大家看到有人被水卷走后都提高了警惕，后来互相帮衬着，总算都上了岸。难民们自发地生火做饭，林大叔则跟他们商议以后该怎么办。

"过了洰水，暂时不用担心匈奴兵的追击了。只是我从未去过南地，不知何处适合建立家园。况且这洰水已经很不易平安渡过了，长江只怕危险得多。咱们日后该往何处，还需要大家一起商量。"十来个人围坐在河岸边的岩石堆上，林大叔说道。

大家互相看看，也不知该怎么说。他们中的很多人都跟林大叔一样生活在北地，从未去过南方，何处适合安家，他们也说不出个所以然来。

突然变得凝重的气氛很快就引起了其他人的注意，有忙完了手上活儿的人凑过去，问明白大家在烦恼啥，那人一拍大腿道："我是个跑街串巷的货郎，之前听蜀中来的商户说，那边群山环绕，土地肥沃，物产丰富，兼且入蜀之道狭长，易守难攻，没有兵患之忧，倒是安家落户的好地方。"

林大叔眼睛一亮，"咱们逃离家园也是因这战乱兵患，年年征战，几乎户户无男丁，家中只余老幼辛苦求生，每每想到此，都觉心中酸痛不忍。若蜀中确无战祸，咱们落户蜀中，辛苦三五年，定能再建家园。"

在场不少人都点头，是啊，只要没有战祸，他们必能重建家园，却也有人迟疑："小老儿也听说过蜀中，道路狭长难行，入蜀之人十去九难回，咱们这么些老弱，只怕行不得那蜀道。如今匈奴兵暂且追不上，不若咱们沿着官道继续南行，说不得遇上朝廷的军队，便能随军屯田，岂不比入蜀来得便宜？"

这话立刻有不少人附和："是啊，沿着官道走是便宜。"

"听说那蜀中时有瘴气，中人无救。且山多险峻，羊肠小道又极易迷失方向，比起南行，入蜀可是更加危险呢。"

也有人反对："万一遇上朝廷溃兵咋办？那些人可比匈奴兵还凶狠可怕呢。"

"是啊是啊，入蜀虽然难，但只要进了蜀中，日后倒是安稳了，这瘴气既能拦住咱们，肯定也能拦住追兵。一旦匈奴人起心思过河，南地只怕也不安稳。"

"渡河这般危险，你我方才都险些丢了性命，那些生活在马背上的人还能轻易渡河？"

"咱们世代居于北方，还不知南地是个什么情形，如今若贸然进入形势更为险峻的蜀中，只怕并不稳妥，还是南行吧。"

……

围过来的人越来越多，说话的人也多了，带着对未来的茫然与恐惧，只想抓住眼前最安稳的一条路。

司马靖之和林生蹲在林大叔身旁，两颗小脑袋跟着说话的人来回转悠。支持继续南行的人越来越多，而林大叔却越来越少说话了，他皱起的浓眉和深邃的眼底有与母亲一样的担忧之色，靖之看得出来，林大叔并不赞成南行，但他也没有开口反对，所以最终决定大家还是继续南行。

商议完了，林大叔安排了部曲值守，吩咐大家好好歇息一晚，翌日一早便拔营继续南行后，便带着他们俩回了自己的营房，而他的眉头一直都没有松开过。

林生生好了火，取出硬馍在火上烤的时候，司马靖之终于忍不住问道："林大叔是不赞成继续南行的吧？大叔既然是首领，为什么不能决定大家的去向？"

林大叔低头看她，却只是伸手揉了揉她的头发，叹口气，没有说话。倒是一旁的林生撇了撇嘴，道："爹爹只是堡主，被大家推举做首领的，入蜀还是南行，与咱们每个人都有关系，当然要问过大家的意见了。靖之，你是想入蜀还是想南行？"

司马靖之被他问得不知该如何回答是好，想了半天才道："我没去过南方,也不知道蜀中如何,你和大叔去哪儿,我就跟着去哪儿。"

这样的想法与难民队伍里大多数人的想法一致,看着林大叔露出的淡笑和林生"果然如此"的鬼脸,司马靖之也不好意思地笑了。

前面茫然未知,谁又能真的知道该往哪儿去更好呢?蜀中或许很好,但南行未必就没有好的出路。既然定了继续南行,那他们就一路向南吧。

翌日天刚亮,队伍便拔营启程,许是过了河之后大家心里都安定了不少,在林大叔的督促下赶路仍是辛苦,却没有人再露出仿佛没有明日的苦楚之色了,司马靖之随着林生一路奔走,竟还有心思打量路旁怒放的野花。

"那些蓝色的花都不能吃的。"林生在一旁道,顺手掐了一串红花,抽出花蕊递给靖之,"这个能吃,可甜了。"

靖之塞进嘴里,花蕊上沾着花粉和花蜜,带着一股青草的苦涩,并不难入口,她眼睛一亮:"好吃!"低头想要再寻,却只见光秃秃的枝条了,队伍里人人都拿着花儿在抿着那少少的花粉和花蜜。

靖之低头细细寻摸,从根部拔出一根脆嫩的新生枝丫,剥了皮,青绿的汁水便沁了出来,咬一口,比花蕊还青涩,却能吃上一小口,靖之细细咀嚼着,笑得眉眼弯弯。

进了五月的南岸,一连几日的好晴,野草疯长,蜂蝶飞舞,漫山遍野的野菜野果让所有人都绽开了笑颜,前几天被匈奴兵追杀的情景仿佛已经是梦境了。

这天夕阳刚斜,林大叔便选了处靠山的平地扎营了,部曲们分散巡逻,妇人们张罗着饭食,孩子们三五成群地散入草丛中,挖野菜,摘野果,采蘑菇。林生拉着司马靖之一路钻进林子里,说要教她逮兔子,又是设置陷阱,又是查找脚印,最后却连个兔子毛都没见到。回到营地,出去巡逻的部曲们倒是逮到了几只兔子,正在火上烤得滋滋冒油,喷香喷香,馋得大伙儿口水直流,若不是妇人们看得紧,只怕还没烤熟,就得被他们给偷吃没了。

于是大家吃饱喝足、肚子里有了油水,早早地就和衣睡下了。林大叔照例安排部曲值守,带着林生和靖之回去休息。

半夜里，值守的部曲却大叫起来："匈奴兵追来了，快起来！"

靖之一个鲤鱼打挺从地上跃起来，正看到林大叔握着长枪出门，林生则提着刀守在她旁边。见她醒来，林生将另一把刀递给她，三两下将垫在地上的草席卷了，给她背在身后，然后带着她飞快地跑出去，与其他人一起在空地上集合。

空地上的篝火还未熄灭，照亮着一张张惶恐的脸，临睡前的满足和快乐竟是南柯一梦。

很快所有人都到齐了，逃亡的经验让他们迅速形成战斗阵型——孩子在最里面，随后是妇女、老人，最外层则是强壮的青壮年，这是人们在面对危险时本能想要保护的。林大叔挺枪站在最前列。

去后方查探的部曲飞马过来，马蹄上裹了软皮，落地无声。冲到林大叔跟前，部曲急声道："匈奴兵不知怎么竟也寻了船只渡河，看那阵势该是主力部队，应该不是冲着咱们来的。只是他们马匹脚程快，沿着官道疾行，不出天亮就能赶上咱们。"而遇到这些骑兵会是什么样的后果，他不说大家心里都知道。司马靖之也想到了破庙里的屠杀。

林大叔眉头紧皱，回头看了眼身后的队伍，咬了咬牙，道："我们避开官道，绕路吧。"立刻有部曲过来，取出临时绘就的建议舆图，与林大叔商议起了路线。

直到此时，靖之才知道为什么他们每次扎营时，部曲们都会分散开四处查探，回来后又与林大叔私下商议，竟是在提前探路，绘制舆图。

身后的匈奴兵随时有可能追上来，林大叔他们没有商议很久，很快决定先绕路避往一处废弃的村庄，待敌人的军队过去之后，他们再徐徐图之。

当下大家灭了篝火起行，点燃的火把在夜色里飘忽闪烁。林大叔选的村庄离官道较远，能躲过匈奴兵对官道周边的扫荡。村子里的人不知是南逃了还是被杀了，到处一片荒芜。林大叔领着他们进入村庄时，几只家禽扑棱着翅膀从散倒在地的栅栏上飞起，惊慌失措的叫声在夜里突兀又瘆人。

一

探路的部曲在村庄深处挥舞着火把传讯，林大叔带着众人小心谨慎地深入，再由殿后的部曲抹去经过的痕迹。

村中有一排保存还算完好的屋子，占地也阔大，林大叔便让大家在此休整，为了避免被发现，林大叔命令大家不准生火，火把也都灭了，大家都各自找了地方歇下。

司马靖之与林生窝在屋檐下的角落里，分食一块黍饼。十来岁的林生正是长身体的年纪，半块黍饼没几口就吃得连渣都不剩了，靖之便将自己的饼又分了一半给他，林生不好意思要，却拗不过靖之一直往他手里塞，肚子也确实饿，他还是接了，却吃得更小心仔细了。

"林生，你说我们会被敌人追上吗？"靖之有些忧心，黍饼吃得心不在焉。阿惠死时的情景一直在她脑海里翻滚，让她有种随时会被敌人追上、被一刀砍倒的错觉。

林生将最后一点儿饼塞进嘴里，侧头看她，隐在黑暗中的眸子有种隐隐的光："不知道。追上了就跑，跑不了就反抗，父亲说能杀一个是一个，大不了就是死。"

靖之咬紧了唇，半天才小声地说道："可是我不想死。"她不想死，也不能死。她答应了母亲要活着，无论如何都要活着，活着才能与母亲重逢。阿惠用自己的命换她活着，她一定不能死，要活着！但活着却这么难，这么难。

林生没有听清楚她的话，凑近了想问，坐在他们前面的妇人回头"嘘"了一声，是让他们不要说话，早点儿歇息。

毕竟奔波了大半夜，大家也都累了，明天等待着他们的是遥遥无期的长途跋涉，只有休息好了才不会掉队，不然随时有可能倒在路边被队伍抛弃。

司马靖之吃完了黍饼，与林生靠在一起睡着了。好像只是才闭上眼，一声凄厉的惨叫就将她惊醒了，与梦里阿惠的惨叫声混合在一起，靖之还没弄清楚自己是在梦里还是在现实，就被林生一把拽起来，拉着她跟跄地往外跑。

"怎么了？匈奴兵来了吗？"靖之握紧自己的长矛，稳住脚步跟上林生。

"应该是匪徒。"相比起靖之的慌乱，林生显得沉稳多了，"去打探消息的部曲没有报信，这些人是突然出现的，应该是对附近非常熟悉，想来流窜打劫的匪徒。"

说话间，他们看到了空地上涌来一群人，高举着火把，拿着各种武器。粗粗一眼看去，那些人好像跟他们差不多狼狈，但仔细看才发现他们都是年轻力壮的男人，每个人脸上都带着疯狂残忍的笑，这表情跟那些匈奴兵一模一样。

林大叔带着七八个部曲挡在前面，竭力与他们搏斗，但对方的人数比他们多，谁都知道他们没有胜算。

歇息的人都已经醒了，大家尖叫着四散逃跑，却逃不过匪徒们的包围，他们举着镰刀和铁锹，残忍地杀死老人和男人，将妇人与孩子掳走，用绳子绑在一处，扔在他们身后的火堆旁。

"哈哈哈，今天收获不错啊，这么多的女人和孩子，卖给匈奴人能换不少粮食呢。"一个满脸胡子的大个子笑声洪亮，附和的人很多，围着林大叔他们的人听到了他的话，攻击得更加凶狠了。

"父亲！"林生抽出长剑，就要冲进去帮忙。司马靖之握紧了手里的长矛，也跟着他冲。

被围攻的林大叔却突然爆发，手里的长枪一阵挥舞，逼退拦在前面的人，将枪一横，把林生和靖之挡在身后，架住挥过来的大刀，用力将二人往反方向推去。

"跑，快跑！"

只来得及说这么两句话，他又陷入苦战中，而因为他方才的阻拦，身后的人有几个跑了出去，很快离开火把的照明范围，消失在黑暗中。

司马靖之拉着林生，转身就要走。

"父亲！"林生挣扎着还要回去，司马靖之却将他死死拖住："不要去，快走！"对方那么多人，林大叔和部曲都不是对手，他们去了也没用，还不如趁机逃走。

　　似乎因为有人逃跑，匪徒不高兴了，他们增加了围攻林大叔的人手，靖之和林生才奔出几步，就听到林大叔的惨叫声。靖之回头看去，正对上林大叔面向着他们扑倒的身影，穿过身体露出的刀尖在火光下闪着森冷而残忍的光。

　　"父亲！"林生失声痛哭，身后围上来的匪徒也让靖之知道，他们失去了逃跑的机会。

　　匪徒收缴了靖之他们的武器，将二人和其他被抓住的人绑在一起，生了火堆，取出酒肉庆祝今夜的胜利。靖之他们隔着火堆看着对面形态可怖的人群，忍受着饥饿和扑鼻的炙肉香气，想着未知的未来，好多妇人和孩子都哭了出来。

　　林生被绑在靖之身旁，从始至终他都仇恨地看着对面的人，一副恨不得跳过去咬他们一口的样子。靖之用肩膀撞他，低声道："不要看。"

　　对面除了匪徒，还有倒在地上的林大叔。阿惠也是这样满脸是血地倒在她面前，她瞪着眼睛看了很久，那种痛苦和难受她经历过，不希望林生也经历。

　　林生却恨恨地道："我要看，要记住他们，总有一天要为父亲报仇！"

　　"林大叔只希望你活着，就跟我母亲一样！"靖之想起林大叔让他们走的样子，就跟母亲一样，说道，"你去报仇只会送死，林大叔带你到江南，只是希望你活着，活着就好，我也要活着，母亲让我无论如何都要活着，你也是！"

　　林生的眼泪落了下来，他低头吸着鼻子，沮丧地道："可是我们现在活不下去了，他们会把我们卖给匈奴人，说不定明天就死了。"

　　"那就逃跑，总能活下去的！"火光映照下，靖之眼睛亮亮的，那样笃定的样子似乎感染了林生，他不再说话，却仍看着火堆对面的林大叔。

　　夜更深了，吃饱喝足的匪徒们留下看守的人，各自找地方歇息。

　　林大叔队伍里的男人要么被杀，要么跑了，被抓起来的都是妇人和孩子，又都被绑起来了，守夜的人看了一会儿，也倚着墙角睡着了，只偶尔抬头迷糊地看他们一眼。

　　靖之敏锐地感觉到逃跑的机会来了，她用手肘撞了撞林生，然后和林生挪换了位置，用林生的身体挡住守夜人的目光，然后转身将手上的绳子往火堆上靠去，借着燎上来的火苗一点儿一点儿地烧着绳索。灼热的火苗好几次都烧到了她的手，但她忍住了。

一点儿一点儿地，靖之说不清过了多久，一双手被火苗燎得疼痛难忍时，才感觉绑着的绳子松了一下，她大喜，用力挣开绳子，示意大家不要出声，然后偷偷摸摸地绕过火堆，捡起林大叔被劈断的长枪枪头，再回来割开林生和其他人的绳子。

大家小心地，尽量不发出声音地往外逃去。靖之与林生殿后，却在一次回头时正对上守夜人的目光，二人大惊，叫一声"快跑"，冲着黑暗的村庄外就飞跑了起来。

身后是匪徒们大叫着追过来的声音，靖之与林生不辨方向地转来转去，好几次匪徒的脚步声都似乎逼近了，他们俩拼着受伤直接从山坡上滚下去才逃开，却始终无法彻底摆脱。

"站住，看你们往哪里跑！"身后的呼喊声越来越近，林生突然一把抢过靖之手里的断枪，把她往前面的草丛里一推，自己转身往相反的方向跑去，还叫着："往这边跑，快点儿快点儿！"

身后跟着的匪徒喊叫着跟着追了过去，靖之只觉得心口一口气堵着，整个人都瘫软在了地上。她怕后面还有追兵，不敢动，默默地等到天亮，然后循着林生逃跑的方向，小心地找了过去，只找到那柄断枪。她找遍了周围的树林草丛，都没有林生的踪迹。

生不见人，死不见尸。司马靖之抱着那柄断枪，在地上坐了很久，然后起身离开。

她最好的朋友下落不明。而她，还要继续南下。

借着林生教她的辨别方向的方法，她借助太阳的方位，选定了正南的方向，继续走着。一夜的惊惶奔波，几乎耗尽了她的体力，趴在溪边喝水时，她看到了自己的双手——被火烧伤的地方都起了水泡，好几个水泡破了，露出鲜红的肉，疼痛难忍。

但她没有哭，只是站起身，回到小路上继续走。昏昏沉沉中，这条小路她不记得自己是否走过了，断裂的路碑倒在草丛里，她摇摇晃晃的身影从路碑前经过时，晃了晃，一头栽下去，倒在了路碑旁。

司马靖之感觉自己好像又回到了围猎的时候，她与母亲、阿惠刚到营地，母亲去拜谢皇后娘娘，阿惠在营帐里收拾细软，而她跑到马场外的空地，躺在厚厚的青草地上，春日的阳光照着她，暖融融的，比睡在弘训宫的床上还要舒服。

可是眨眼间，阳光突然变得酷烈，晒得她浑身烫热难受，出了满身的汗水，身体又黏又沉重，她想喊阿惠，却张不开嘴，发不出声……

如此往复了不知道几个回合，靖之觉得口干舌燥，再不喝水就要渴死了，可她不能死，她得活着与母亲重逢，所以她狠命地咬牙，用尽全力睁开粘在一起的沉重眼皮，还没说话，唇边便抵上了一只粗糙的陶碗。

"喝口水啊。"一个苍老的声音说，声音里带着苍凉与庆幸，"高烧了两天，你再不醒来，老夫也只能将你扔到路边了。"

司马靖之却只是抱住陶碗拼命喝水——梦里热得难受的时候也有人喂她水喝，却总是喂了两三口就没了，她在梦里就想，要是醒来她一定要喝干一条小溪——等一碗喝完，旁边的人取过碗又倒了水递过来，一直到第四碗，她才总算得空，抬眼看向自己被绿色草药糊满的双手——她记得她的手被火烧伤了，引发了高烧，才会晕倒在草丛里。

"这草药是从军医那里要来的，难看了点儿，药效还是不错的。"苍老的声音继续说着，靖之转过目光看过去，只见破旧的营帐里一张矮榻，她自己占了，还有一张破旧的几案，上面胡乱堆叠着几卷书，摆放在旁边的毛笔笔尖上还凝着墨，可见方才正有人执笔。

说话的老者眉眼慈祥、笑容亲和，灰白的须发沾着些泥土草屑，穿一身老旧的文士长衫，领口袖边都磨损了不少。

老人见她看过来，伸出枯瘦的手测了下她额头的温度，笑道："终于退烧了。你这娃儿晕在路边也不知道多久了，幸好遇上了南下的军队，见你还活着，便捡了回来。老夫姓徐，在这军中暂代文书之职，军中人都称老夫是徐夫

子。娃娃，你是什么人？你的家人呢？"

他说话时一直带笑，眼眸温和慈爱，抚过她额头的手掌心温热，让她想起每次她疯玩过后帮她拭汗的母亲，抱着她睡觉唱歌的阿惠，还有端药给她的林大叔。久违的温暖太难得，让司马靖之觉得鼻子有些酸酸的。

她拉住徐夫子的衣袖，说："我叫司马靖之，我是逃出来的……"便一股脑儿地把自己怎么从洛阳南逃，阿惠怎么被匈奴兵杀死，自己怎么一个人上路，又是怎么遇上林大叔和林生，怎么遇上匪徒，怎么从匪徒手里逃出来的都说了。

她说完眼泪都出来了，仰头望着徐夫子，哽咽道："林大叔死了，林生不见了，我找不到他，我只找到了林大叔的断枪。"

徐夫子叹口气，摸了摸她的头，心里却也明白：这孩子竟是皇族司马家的人，军中有传言，匈奴人打进洛阳，司马氏带着洛阳藏宝仓皇出逃，却将满城的百姓丢下了，军士和百姓多有不满，却不料竟还有司马家的人流落在外，沦落至此。

徐夫子叹口气，看着她道："孩子，你能找到断枪，也是你有心了。如今这世道，到处兵荒马乱，匪徒丛生，为了一口吃的打死人的事每天都在发生，还有几个人会管他人死活？你倒是个有福气的，遇上了林大叔，如今又遇上了我，只是这以后啊，可不能像今儿个一样，什么事都说给人听。人心隔肚皮，别人心里想啥你说不清，为了活下去，杀人放火抢劫，这些人可是什么事都干得出来的。"

这道理靖之以前不懂，但一路南下，眼看着林大叔被匪徒杀死，林生生死不知，她也就都懂了。那些匪徒为了自己活下去，就杀了别人，可她也想活下去，但她不想杀人，她只想跟阿惠林生林大叔还有母亲，一起好好地活着，哪怕每天只能吃苦得要命的草根，只要他们都能在一起就好。

徐夫子又道："如今匈奴人进了洛阳城，多少无辜的百姓由此丧命啊，这笔账只怕都要记到司马氏的头上了。你既是司马家的人，在这军中可要小心些，莫让人知道你的真正身份。虽说你还小，这江山破碎并不关你的事，但那些因洛阳城破而家破人亡的将士和百姓们恐怕都要迁怒于你了。"

司马靖之一愣，不明白徐夫子的意思，洛阳城破，家破人亡，她也是啊，将士和百姓们为什么要迁怒于她？

看她一脸懵懂，徐夫子又叹气："匹夫无罪，怀璧其罪。慢慢地你就会懂了。"

靖之便也就没再问。这一路上她看到了太多苦难，也懂得了太多以前在宫里不知道的事，从林大叔那里也学会了多看少说。

她又在徐夫子的营帐里养了两天伤，徐夫子找了套男装让她换上，将她领到苦力营干活。靖之听徐夫子的话，并不告诉别人自己姓司马，只说叫靖之。林生教她的活计让她在苦力营里少吃了很多苦，苦力营里的人也很喜欢这个干活利索、活泼勤快的"小男孩"，也会多照顾她一些。

靖之在这些人的闲聊里，逐渐明白了徐夫子说的"怀璧其罪"是什么意思了。

徐夫子所在的这支军队是守卫洛阳外城的，匈奴人打到洛阳城下时，他们并未接到任何消息，等到知晓洛阳城破时，守卫洛阳的大部队早已护着司马氏和其他大士族过了沔水，他们成了留在洛阳的一支孤军，不得不避开追兵南下。一路上遇上不少流落的百姓，军队便将这些百姓收录进队伍做苦力，路上也遇到几小股匈奴兵，军民同心协力，倒也打退了敌人，一路过了沔水了。斥候探得前方有匈奴大部队，军队遂决定绕路南行，正好在界碑下捡到了受伤晕倒的司马靖之。

这是一支被司马氏舍弃的军队，一群被皇族舍弃的百姓。

说到司马氏族，他们都咬牙切齿，有个被匈奴兵杀了丈夫、又在南逃时失去孩子的妇人挥舞着手中挖草根的石铲，恨恨地骂道："吃人肉啃人骨喝人血的司马！"

靖之变得越发沉默了，即便在徐夫子跟前她也少说话，徐夫子在抄录文书的间隙会教她习字，虽然只能用树枝在地上写，她也学得认真，一如学习林生教导她的那些防身和生存之法。

　　临近冬月时，军队已接近长江，徐夫子说长江天险更胜沔水，过了长江他们便彻底安全了。军士和百姓都欢欣鼓舞，靖之也很高兴，只觉得南方冬天侵入骨髓的湿冷之气也不那么令人难以忍受了。

　　军队扎营时，靖之跟随苦力们忙活完，才又背上额外捡拾的一小捆柴，去了徐夫子的营帐。刚到营帐外，就听到里面传来的咳嗽声。

　　"徐夫子！"靖之快走几步进去。

　　徐夫子裹着破旧的棉袄坐在几案前，一手捂着嘴咳嗽，另一手执着的毛笔随着咳嗽晃动，点点墨汁落在竹简上。

　　靖之将柴火放下，手脚麻利地生好火，将带来的草药用陶罐装了架在火上煮，又取过在火上热过的黍米粥，刚往几案前走了几步就被徐夫子制止了："别过来！"

　　"夫子！"靖之心里着急，却不敢违背他的意思，道，"夫子你吃点儿粥，药汤马上就好，等会儿我再出营去找些草药来，不管对不对症，总得吃药。"

　　徐夫子咳得气息不顺，缓了缓才道："这是时疫，寻常的草药只怕是没有效用，你就别折腾了。"话音刚落，抓着身上的棉衣，又是一阵大咳。

　　靖之眼眶就有些湿了，她咬着嘴唇说："都是因为我，夫子才……"

　　徐夫子伸手止住她的话，待咳完了，才笑道："跟你有什么关系？你又不知道南方的冬天会这般冷，冷到人骨头里。"他们从洛阳仓惶出逃，前路茫茫，后有追兵，谁能想到要提前预备过冬的物什？等到受不住冻了，大家没法子，只得扒了路边死人的衣服御寒，倒也熬过了初冬的寒冷。

　　只是死人的衣服毕竟不干净，也不知道是从哪天、从谁开始，陆续开始有人染病，肩背酸疼、咳嗽、反复发烧、呕吐，不过一天，就有人熬不住死了。军医看了几个人的症状后，军营里便开始传出"时疫"的消息，一时之间人人自危，领军的将领下令将所有扒下来的衣服收缴焚烧，不许再扒死人的衣服。但天越来越冷，体弱的老人与孩子先受不住冻，陆续倒在了路边，仍然有人夜里偷偷地去扒死人衣服，疫病便怎么也控制不住了。到了后来，将领们也不再管其他人的死活，只是令军医每日里熬了药送去他们的营帐。

军队里每天都有人倒在路边。渐渐地，有人去军医帐里偷药，最后直接抢药。

靖之也怕死，军医那里的药她抢不到，便只能自己在营地附近寻摸草药煮了喝，倒也没事。但她扛不住冷，没几天手脚便都生了冻疮，连脸上也冻伤了，红硬硬的一大块。徐夫子便将自己的冬袄给了她，靖之推辞，徐夫子却从包袱里又取出件破旧的棉袄来，披在了自己身上。

第二天徐夫子就开始咳嗽了，靖之也就知道了那棉袄是从哪里来的了。

"我再去求军医，请他过来给夫子看看。"看徐夫子咳得喝不进一口粥，靖之咬了咬牙，跑了出去。

徐夫子染病的消息军中不少人知道，见她从徐夫子帐中出来又往军医帐中跑，守门的兵士长枪一横就拦住了她，里面的军医让她赶紧走开，不要将时疫传染给自己。靖之百般挣扎，只是被人踹倒在地上。

她抹干眼泪，跑出营地找了一大包草药，都煎了给徐夫子服下，却依然没能打败时疫。到第五天晚上，徐夫子咳得喘不上气来，吐出最后一口血，永远地闭上了眼睛。

靖之一直陪在徐夫子帐中，徐夫子不让她上前，她便坐在门边的地上，煎药，熬粥，送水，直到徐夫子再也不需要，她才木然起身，将早就准备好的柴火全部丢进了火堆里，火势凶猛而起，片刻工夫便吞噬了床榻上的徐夫子，将他坐过的几案、写过的竹简都一一吞噬后，靖之才抓紧了身上的冬衣，转身出了营帐。

徐夫子死后，靖之便不再离开苦力营了。她依然像以前一样勤快，却不再热情活泼。每天干完活，她会一个人出营找草药，回来煎了自己喝下，然后坐在角落里仰着头望着天空，一坐就是好几个时辰，也不与苦力营的人谈天，看人的时候目光里也带着戒备与疏离。

时疫闹得人心惶惶，根本没人注意她。有人看她一直没有感染时疫，觉得是她的草药汤有效用，来找她讨要，她也不拒绝，总是分了给人，下回就找更多的草药回来，却仍是不说话。

就这样也不知过了几日，有一天刚扎营，靖之正随着人生火做饭的时候，耳畔突然传来马蹄声，巡逻的士兵刚叫完"有敌人……"便倒地身亡，背后一支羽箭还在颤动。

他们遇到袭击——来的是匈奴兵。

匈奴人是生活在马背上的，几岁的小儿就能御马开弓，自诩铁蹄长弓遍行天下。靖之听人说过，当日攻打洛阳城的就是匈奴兵，并一路追着洛阳士族的车马到了沔水边才返回，如今再追上他们，只怕是已经将洛阳城占领，徐图南地了。

靖之所在的军队本就是一支小队，又因为时疫折损了很多人，哪里会是匈奴人的对手？外围的兵勇一倒地，里面的将领便下达了投降的命令，兵士们被绑缚在一起，以栅栏圈禁看守，苦力营的人则被驱赶着到了空地上，说是要给将官老爷们选侍者。

靖之木然地随着人群行进，目光在那些匈奴兵身上扫过，最后定在他们腰间雪亮的弯刀上。那样森寒的光，举起，挥下，阿惠就倒在了这样的弯刀下……

靖之猛地咬紧牙关，站住了脚步。前方一个壮实的兵勇见她不动，过来一脚踢在她小腿上，骂道："快走，不走一刀劈了你！"还作势举了举手里的弯刀。

他的表情凶狠又狰狞，看着她的目光带着一股异样的光彩，雪亮的刀锋刺得人眼睛生疼，司马靖之却只是直愣愣地瞪着他，完全不管那似乎马上就要落到她脖子上的弯刀。

这个人，这张脸，她认得，就是这个人杀死了阿惠！

靖之木然了好些日子的脸上突然有了生气，她眼睛眨也不眨地看着那个人，将他从上到下打量了好几遍，任他将自己一脚踢在地上，也不叫疼，趴在地上，仍倔强地探头看那人。

那人被她直勾勾的瞪视看得有些发毛，目光一凝，手里的弯刀又要挥下来，被旁边的人拉住了："不过是个没用的晋人小子，怕他作甚？阿布托，喝酒去！"

那个叫阿布托的人便一笑，随人去了。靖之的目光半点儿不离他的身影，直到再也看不见，她才咬牙低下头，握紧了双拳。

阿惠满面是血，倒在地上，让她不要动、让她活下去……这剜心的一幕又浮现在她眼前，随之出现的是林大叔喊着让他们快跑却被身后的匪徒砍倒在地的情景，将她推进草丛里转身跑了的林生，还有徐夫子，卧在床上不住地咳血，她却只能眼睁睁地看着他死去……

从阿惠开始，那些对她好的人一个个地死去了。若不是这个阿布托杀了阿惠，若不是他，林大叔不会死，林生不会不见，徐夫子也不会死，都是这个人，都是他！

握紧着拳头，指甲戳进了掌心，刻画出血红的月牙印，一如她心里的仇恨。活着那么难，那么苦，那么多人为了让她活着而死了，她以为她活着只是为了能与母亲重逢，但此刻见到这个人，她觉得她活着，还可以再做一件事，那就是为阿惠报仇！

从徐夫子死后，一直如木头一般活着的司马靖之，在这一刻突然迸发出了活力。她积极地在挑选侍从的将官们面前表现，端茶倒水，生火劈柴，手脚麻利，口齿伶俐，还认得不少字，连那个被拉去喝酒的阿布托也频频看过来，在被人挑走之前，靖之怯怯地向领他们过来的匈奴人道："那位老爷看着英武厉

害，我能给他做奴仆吗？"她的手指向阿布托。

一群匈奴兵士先是愣怔，随后便爆发出一阵大笑，围着喝酒的几个人各自举着自己手里的酒囊，指着阿布托道："英武不凡的阿布托，凶猛厉害的阿布托，有人要给你做奴仆呢！"

阿布托也没想到会是这个结果，他挑眉看着眼前这个还不到他腰高的"小子"，一口气喝干了酒囊里的酒。他是草原里的雄鹰，是马背上的战士，被人崇拜是应该的。

但在这么多比他等级高得多的勇士面前独独挑中自己做主人，要他相信这个晋人小子没有不良的居心，他可没有那么愚蠢。

所以当那个小子如他预想的那般，在夜里趁着为他奉水的机会，向他露出的喉咙挥出匕首时，他还是忍不住露出了得意的笑，将其擒住，送到了主帅营帐中。

"逮到晋朝奸细，请主帅审问。"阿布托看着跪在主帅营帐中那个小小的身影，心中有掩不住的得意。

在这次南下追击中，他还在担心追击立的功劳不够多呢，这小子就自己送上门来了，运气实在是太好！

匈奴主帅的营帐没有皇帝叔叔司马炽的营帐奢华，围坐的兵勇们也很随意，打量靖之的目光仿佛是在看一个有趣的玩具似的。而那个坐在一张白老虎皮上，被称为主帅的高大中年男人看到她，诧异地挑眉看向左右，笑道："这么个小娃娃，竟然是晋朝的奸细？你们相信吗？"

左右兵士大笑摇头。

高大的主帅仔细打量了靖之几眼，才笑道："这晋朝小奸细的容貌倒是清秀可人，这份倔强不屈倒有些像咱们北地女子。早前与晋朝皇帝谈和亲，若是那个和亲的公主有这小娃娃的容貌，咱们陛下倒也不亏，哈哈哈！"

围坐的众人一阵大笑："和亲的公主如何能沦落到做奴隶？那也太可怜了。"

"说的也是，听到咱们大军到来，那晋朝皇帝早吓得带着公主南逃了，哪里会在这里。"

和亲？公主？

司马靖之猛地抬头瞪着他，曾经听过的两个词突然在脑子里翻滚了出来，她忍不住打量那个人，在那人挑眉的动作中，问出心中的疑惑："你……你是那个在围猎时与皇帝叔叔密会的人？"这么低沉的、带着几分古怪口音说出的和亲、公主这些字眼，她以前听过的，还因此引来追杀，她不会忘记的。

主帅再次挑眉，皱眉想了片刻，道："皇帝叔叔？看来你真的是司马皇族的人啊。密会吗，倒是有过一次，可惜被个不识相的小公主偷听给破坏了，那个小公主，不会就是你吧？"他用的是问句，话里却是满满的肯定意味。

想到那次偷听被发现后的追杀，司马靖之下意识地往后缩了下身子。若不是她那次闯祸，母亲不会被看管，不会被送到宗祠去为父亲殉葬，她与母亲也不会分开，阿惠也不会死……

"随便逮到的一个小小奴隶，竟然就是司马氏的公主，上苍如此眷顾我王，吞并晋朝土地，建立我汉赵的不世功业，指日可待啊，我王！"帐中有文人打扮的谋士起身跪拜道。

其他人便齐声道："中山王承天眷顾！"

主位上的男人在恭贺声中仰头大笑，一副志得意满、踌躇满志的样子。

汉赵？中山王？那他就是那个匈奴人刘曜了？

靖之看着他，想起林大叔和徐夫子说过的话，攻打洛阳的军队里，最厉害的就是匈奴人中山王刘曜率领的汉赵军队，他手底下的儿郎们能征善战，勇猛无敌，犹如吃人的野兽，遇上晋国军队总是要屠杀殆尽。攻下洛阳后，刘曜许诺他们财宝奴隶无数，更激发了这群猛兽的野性，为他打下更多的地盘，却也意味着他们杀了更多的人。

想到破庙里被无辜杀害的百姓，想到连一句话都没留下的阿惠，被压跪在地上的靖之只觉得满腔的愤怒再也无法掩饰，在这一刻，她忘了母亲的叮嘱，忘了心中一直要活着的念头，用尽全身的力气撞开旁边的阿布托，起身冲上前，破口骂道："上天才不会眷顾你这样滥杀的人！你们攻打洛阳，杀了多少

人？一路南下，多少人病死饿死在路边？这么多条人命，上天看到了，是不会眷顾你们的！"

大帐里的人被她这么一骂，都顿住了，安静了一会儿后才有人出来骂道："小丫头找死！"手上的弯刀就要砍下去。

刘曜却一挥手止住了对方的动作。

只听帐子里小女孩清脆的声音继续响起："你们打仗，抢财宝，去找军队打啊，去抢贵族高官啊！那些百姓们什么都没有，只是想活着，你们为什么也要杀？那些连武器都拿不起来的老人孩子，那些一心护着孩子用自己的身子挡剑的女人，哪怕被贩卖也只想活着的百姓，他们做错了什么要被你们这些拿刀拿剑的砍杀？就因为我们没有能力反抗吗？这样的人，上苍如果还庇佑，那真是苍天瞎眼了！"

靖之夜里被抓住，捆了半夜，气力虚弱，这番话用尽了全力喊出来，夹杂着心里无处宣泄的愤怒与绝望，痛苦与迷茫，还有她隐忍的哭泣与哽咽，竟让营帐里的人都不敢出声来反驳。

良久之后，才听见刘曜的声音道："你的家人是否有被杀的？"这样的伤痛怕是亲眼目睹了亲人被杀的场景吧，难为她一个娇生惯养的公主还能活到如今。唔，看样子活得还不错。

想到军医上报的关于时疫的事，这小公主竟然没有染上时疫，倒有几分得上天庇佑的意思。

靖之猛地一抹眼睛，红着一双眼瞪着退到一旁的阿布托，冲刘曜道："这个人，他带着人，冲进破庙，将庙里躲雨的人全杀了，全杀了！阿惠也被他杀了，就在我眼前！"

阿布托一惊，待要反驳，却听刘曜问道："既然是全杀了，为何你还活着？"

想起阿惠的死，靖之拼命忍住的眼泪再也忍不住了，顺着脸颊滑落下来，哽咽道："阿惠把我藏在佛像后头，死的时候用身子挡住了，他才没有发现我，阿惠……阿惠……"

"原来如此。"刘曜点头,"如此忠仆,倒是可惜了。你自愿做阿布托的奴隶,夜半袭击他,便是想为你的阿惠报仇吗?"

"难道我不该报仇吗?"靖之梗直了脖子。

刘曜还是那样笑着,又点头:"应该。那本王就给你这个机会!"他一挥手,便有旁边的士卒上前,三两下不等阿布托反抗便将他绑了扔在地上,又上前解开绑着靖之的绳子,将手里的弯刀丢到她面前。

刘曜道:"战场之上,军士各为其主,厮杀来去死伤在所难免,但屠杀无辜百姓却非本王治军之道。如今阿布托既犯了军规,本王便将他绑缚于此,任由你处置,你想一刀杀了他为你的忠仆报仇也可,本王绝不阻拦,也不会怪罪于你。"

这是,给她报仇的机会?靖之疑惑地望向上座的中山王。

刘曜冲她点点头,做了一个"请便"的手势。

几乎是立刻,靖之便捡起了地上的弯刀,一步跨到阿布托的身前,对着他的脖子举起了弯刀。被绑缚在地,又被堵住了嘴的阿布托奋力挣扎,嘴巴里发出"呜呜呜"的声音,一双眼睛里满是惊恐和害怕,紧盯着她的弯刀,生怕下一秒自己就死在她的刀下。

原来他也怕死,怕被人杀死。可是他杀人的时候却是那么残忍,对着那些毫无反抗能力的人举起刀,毫不犹豫地挥下去,那时候他笑得多么得意。

靖之的眼泪涌了出来,她的手在颤抖,但她还是大喝一声,手中的弯刀砍了下来,面前的阿布托惊恐的双眼一翻,整个人随着她的刀势软倒在地,似乎已经被砍死了一般。

靖之也随着刀势跪倒在地上,却流着泪喃喃地道:"对不起,阿惠,对不起,我下不了手,我……我不能对没有反抗能力的人下手,我不能成为跟他一样的人,对不起,阿惠……对不起林大叔,林生对不起……徐夫子……"

她说得语无伦次,营帐里却一片寂静,连上首的中山王刘曜也只是静静地看着那个哭得伤心的小姑娘。她明明一身破烂的短打装扮,头发胡乱挽了个髻,脸上黑一块白一块地沾满了灰,在泪水的冲刷下更是脏兮兮的,十分难

看,但他竟觉得这小姑娘真是个有气度的小公主。

他示意士卒将阿布托带出去,又有人上前取走了靖之的刀,刘曜走过来蹲在她面前,笑道:"本王给了你机会报仇的,是你自己下不去手的。"

司马靖之只是默默垂泪,连看都不想看他。过了好一会儿,她才抹了把眼泪,问道:"那你现在是要杀了我吗?"她问得天真,却充满沮丧的味道。

刘曜又笑了,学她的语气问道:"那你想死吗?"

靖之瞪他一眼,莫名其妙地道:"谁会想死?我答应了母亲和阿惠,无论如何都要活着的。"

"那本王就不杀你。"刘曜继续道,"只是你现在可不是公主了,你是我汉赵的女奴,要干活才能换到一口吃的,干得不好还会被打骂责罚,这样你还要活着吗?"

靖之的眼睛猛然一亮,随后重重地点头:"嗯,要活着!"她已经不能为阿惠报仇了,那她就一定要活着与母亲重逢,她不能一件事都做不到!

刘曜便学她的样子点头,道:"那你就活着吧!"

从这天开始，靖之就被关进了奴隶营，与之前在晋朝军队里的苦力营差不多，只是她现在所在的是女奴营，除了女人和孩子，见不到成年男子。她们每天天不亮就要起来干活，忙碌到正午才被允许休息，吃完午饭继续干活到夜晚。

中山王的军队驻扎在长江北岸，据说在等待斥候的消息，却并没有像皇帝叔叔司马炽一样每晚开宴会，夜晚一到亥时营地便戒严，除了巡逻的兵士，任何人都不允许出入，管理得非常严，却也让女奴们得到了充分的休息。

这样的日子靖之过了三天，随后便传来大军要拔营返回汉赵都城左国城的消息。女奴们一大早就被监管的军士叫起来，跟俘虏们一起关押在栅栏里，看着整个营地迅速被拆除，先头部队、大军、粮草分次出发，最后才是押送俘虏和女奴的队伍。

监管军士正在对他们训话："这是押送的张海将军，是中山王的副手，功夫高强，谁要是想趁机逃跑，可别怪将军的宝剑不留情。"

靖之眼睛眨也不眨地看着骑在马上的人——这个少年将军她认识，他们见过两次了。原来他叫张海，是中山王刘曜的副手，难怪会奉命去追杀她。但最后他放过了她，还在地道里引开了城门口的守卫，让她与阿惠逃出洛阳。那么这一路上，他会不会再次放她走呢？

等到这支队伍启程之后，靖之得到了与她女奴身份不相匹配的待遇——小将军张海亲自押送她。张海命人牵了匹马给她，告诉她，这一路上她必须待在他眼睛能看到的范围内，他会亲自将她送到左国城，交接给中山王府。

靖之很郁闷："为什么？我不是女奴吗？为什么要单独被看管？"这样她就少了很多逃跑的机会，也无法让其他女奴和俘虏们为她打掩护。

张海紧跟在她的马后，回答得一板一眼："你是女奴，但你也是晋朝的公主，是重要的人质。"

靖之转头瞪他："对你来说我只是人质吗？你忘了你在地道里迷路，是谁

带你出去的吗？我以为我们已经是朋友了。"

张海看着她，他本就生得浓眉大眼、五官棱角分明，这么眼神淡淡地看着人的时候，总透着股冷漠疏离的味道，说话时面容上却露出两个酒窝，浅浅地，莫名柔和了他的冷漠。可他说的话却丝毫没有转圜的余地："是，我们是朋友，所以我会安全地将你送到左国城的。"

"你……"靖之被气得说不出话来，却无可奈何。有过在林大叔队伍生活的经历，徐夫子也教过她一些军队的纪律，她明白押送她去汉赵都城是他的职责，但要她乖乖地去中山王府，她却不甘心。

每每对上张海那双冷淡又笃定她跑不掉的眼眸，总让她气苦。她虽是俘虏，却绝不愿做一个乖巧听话的俘虏，逃是逃不掉了，但也不能让这个小子这样得意！

反正她是晋朝的公主，那个中山王刘曜看起来也不想杀她，那她就绝不能乖乖的。所以张海见识到了一个与之前看到过的完全不一样的靖之公主。

明知道行军途中一切从简，张海照顾她，给她吃炙肉时她却闹着一定要配热浆饮，惹得火头军都快闹起来了。

靖之知道自己跑不了，夜里扎营时，偷偷溜出去撬锁打开了俘虏营的门，怂恿战俘们逃跑，虽然被守卫及时发现，但张海为了抓回俘虏，也是好一番忙碌，几乎一夜未眠，靖之却抱着被子睡得香甜。

张海有早起练武的习惯，靖之便提出跟他对练，明明功夫不如他，却身形灵巧，滑溜如泥鳅，总能出其不意就让他吃个闷亏，虽然不至于受伤，但心里总归郁闷。

最过分的是，她不知道从哪里弄到的草药，趁着夜里守卫松懈之时，将药汁掺进了第二天的饭食里，惹得一营的人跑了一天的茅厕，严重拖慢了行军的速度……

若不是眼前这张脸自己绝不会看错，张海真的会以为现在站在自己跟前的是个假公主。

"靖之公主，你再这么胡闹，我就上报王爷处罚你了！"看着再一次被火

第四章 重入虎口

头军逮到下药的司马靖之被押到跟前，张海觉得自己的头在隐隐作痛。

靖之昂首看着他，压抑住内心隐隐的害怕，道："那你上报吧，说什么我们是朋友，有你这样把朋友当俘虏看守的吗？还要上报让中山王处罚我，你根本不是我朋友！"

她这倒打一耙的说辞把张海气笑了，笑容像一缕春风，缓缓化解他冰封的表情。他也不废话，取出一根绳子将自己和靖之的一只手绑起来，这样无论她想要往哪儿跑，都摆脱不掉他了。

"若不是真拿你当朋友，我早就上报了。"他拽过她的缰绳，让两匹马并肩行走，压低声音道，"你也别太过分了。这军中能在王爷跟前说上话的人不少，闹出格了我也保不住你。"

靖之瞪眼："谁让你保我了？"糟糕，这回弄巧成拙了，他这么时时刻刻盯着自己，自己真的再也没有机会逃跑。

张海伸长手臂，屈指弹了下她的额头，叹息道："你是没见过王爷对待俘虏的手段。我是真念着地道中与你共患难的交情才帮你的，你看着，可不是真不知道好歹的。"

他顿了顿，又道，"汉赵与晋室乃灭国之仇，你心里有气我能体谅，只是好汉不吃眼前亏，你……"他看了一眼靖之渐渐青黑的脸色，后面的话便没再说下去。

这话说得有些交心的意味了。司马靖之感受到了他的真心，那一点儿胡闹逆反的火苗渐渐熄灭，也不再与他斗嘴了。

她消停了，张海心里却又冒出了疑惑："你不是公主吗？撬锁、下药、挖草药这些下三滥的事儿，你都是从哪儿学来的？"

司马靖之白他一眼："我为什么要告诉你？"

张海好脾气地笑笑，继续道："我们不是朋友吗？朋友之间互相说说经历，谈谈心是很正常的啊。"

靖之继续不合作："我不想跟你谈心。"这些是她最好的朋友林生教她的，她才不要让张海知道呢。想到林生，她又有些不开心了。

张海却没注意到她的小情绪，自顾自笑道："你不想说也没关系，我可以给你说我的事。你肯定很奇怪我年纪这么小，中山王为何会选我做副手吧？因为我看了很多兵书，你肯定不知道兵书是什么吧，就是讲述怎么打仗的书……"

靖之瞪着他："兵书我知道！"虽然没人教过她兵书，但徐夫子教过她认字，他真当她什么都不懂吗？

张海顿时眼睛一亮："你知道吗？太好了，那你看过兵书吗？我最喜欢三十六计，每一计都那么好，中山王说等我融会贯通了就让我领兵打仗，必然能百战百胜！对了，你知道这三十六计是哪些吗？你不知道吧，我讲给你听，第一个便是金蝉脱壳……第二个是抛砖引玉，就是说……"

司马靖之气闷瞪眼，在他说到第五计时忍不住打断他："我又没有用得上的地方，你说给我听做什么？这天下是什么形势，中山王说你能百战百胜有什么用？匈奴人还能骑马打下江南吗？"

"你跟中山王说的一样呢。"张海惊奇地看着她，随后又道："匈奴人是生长在马背上的勇士，只要骑在马上，我们就是无敌，要打下江南当然是可以的。但中山王说打下江山易，治理江山难，所以中山王府中的幕僚们不仅要学习兵书，还得学习汉人的孔孟之道，尊礼法，行孝道。这一点你们晋朝就做得不好，司马氏兄弟争斗，将好好的江山弄得四分五裂……"叽里呱啦的一大堆话，听得司马靖之恨不得捂住耳朵。

"其实我不是匈奴人，我也是汉人，祖上是曹姓，是魏国有名的贵族……"

"曹魏？"这回轮到靖之愣怔了，下意识问道，"就是被我们司马氏取代的曹魏吗？"

张海转头看她，面上神情冷淡，酒窝却露了出来，"对啊，就是被司马氏取代的曹魏。父亲说是司马氏用卑鄙的手段夺了我曹家的天下，几乎把我所有的族人都杀光了。是死士拼死救出了父母，后来隐姓埋名，一路逃出玉门关，投靠了匈奴人。在我懂事之后，我就发誓，此生定以覆灭司马氏为己任，以报父母亲族的血仇。"

司马靖之神情复杂地看着他，这样的血海深仇，他当着自己的面就说出来，这是要表明立场吗？他与她有着世代的血仇，所以她最好在他面前乖巧些，省得他一个不爽，直接一剑结果了自己吗？

张海却仿佛没有看到她隐隐升起的害怕与矛盾，自顾自地说道："中山王允诺我，定会覆灭司马氏，所以我对他忠心耿耿，绝不会背叛他。"

"那你……为何纵容我？"她这般胡闹，他也没有上报中山王，根本看不出他对司马氏的仇恨在哪里。

张海转头看她，表情没有什么变化，说出的话却如暮鼓晨钟般敲在她的心上："覆灭了曹魏的司马氏已经死亡，如今中山王也将司马炽赶下了皇位，老实说，我一心想报仇，结果仇家就这样轻易没了，我居然没有丝毫欢喜，甚至也不是失望，我也不明白这是为什么。"

他见靖之低头不答，自己又生出几分好笑，"唉，你一个小公主，我居然跟你说这些，想必你根本听不懂。"

"公主吗？"靖之脸上浮起一丝模糊的伤感，"我自小被关在宫里，除了阿惠，连母亲也只能隔几年见一面，所有的人见了我跟见到怪物一样躲得远远的，除了姓司马，我哪里像公主了？"

张海心中震动，良久，他再次开口："你虽姓司马，但你不过是个小姑娘，冠了司马氏的姓氏，却从未行恶事。冤有头债有主，你从来都不是我的仇人。就好像你痛恨夺了晋室的汉赵王，痛恨杀死你婢女的阿布托，但不是所有的匈奴人都是你的仇人，至少我就没有伤害过你，还曾救过你，我是你的仇人吗？"

靖之定定地看着他，半晌才低声道："你是朋友，不是仇人。"她声音很低，语气却郑重而肯定。

这是真真正正地将他当朋友了。所以她认真地思考了他的话，将有可能蒙蔽她眼睛的仇恨从眼前拨开，敞开心怀接受他做朋友。

这是个聪明又睿智的小姑娘，有一颗干净剔透的心，一如那双清澈灿亮的

眼睛。

迎着逐渐西斜的夕阳,张海头一次展开舒心的笑容,竟比夕阳还要灿烂,晃得人眼睛都要睁不开一般。

"哎,我都给你说了这么多我的事了,你要不要也说点儿你的事给我听啊?好朋友就要交心,交心就要什么都说啊。"

司马靖之无语:自己并没有说过要交心啊,都是你自己一个人叽里呱啦说了一大堆,还说到身世啊国仇啊家恨啊这么深刻、让人不得不回应的话题,现在怎么就成了自己必须要和你交心了?

为了不让张海继续说这些自己无语得想翻白眼的事,司马靖之选择告诉他自己这些下三滥的本事都是怎么学来的:"南逃的时候遇到了坞堡堡主的队伍,他们收留了很多人,有各种各样的本事,教我我就学会了。"

"那你能教我吗?"张海继续以"朋友"的身份问道。

司马靖之一口拒绝:"我不想教你。"

张海一愣,冷淡的表情看上去竟有些受伤:"为什么?我们不是朋友吗?我还给你说了我祖上的往事,还给你说了我现在的处境,我们现在是交心的好朋友了,无话不谈,无秘密可言……"

靖之头疼地阻止他:"好吧,我教你。现在没有锁头,先教你认草药吧。"她跳下马,走到路旁的杂草丛里,寻了认识的草药叫他看,"你看这个是婆婆丁,可以清热解毒,叶子是这样的,要整根挖出来……"

看着司马靖之认真在草丛中寻摸的样子,张海清冷的眸子中闪过几许笑意。自他有记忆以来,听到最多的就是仇恨二字,国仇家恨压得他几乎无法喘息,费了数年才在恩师的开解下明白了自己的仇人到底是谁,该如何放下这仇恨。

也是因为这沉重的仇恨,他才得到中山王的看重。如今看着同样背负着仇恨的靖之,他有种看到曾经的自己的错觉,这副沉重的担子他真不想在这个善良又单纯的丫头身上看到。所以他忍不住开解她,本只是想尽人事,却不料她却能立时想明白,倒是比他当年强得多了。

　　看着她递到他眼前那根上还裹着泥土的野菜，张海故意哇哇大叫："这个叶片像牙齿啊，为什么叫婆婆丁？老婆婆是没有牙齿的，你是不是弄错了？"

　　司马靖之："你……"她突然有种很不好的感觉，这一路到左国城，她恐怕都要忍受张海的唠叨与各种"为什么"了，竟然比她南逃缺吃少穿双脚走路还要辛苦，真是……苍天啊！

第五章　母女重逢

　　回左国城的路途遥远而辛苦，当女奴们的队伍停在中山王府后门时，司马靖之竟然有种"终于解脱了"的轻松感。

　　天知道，初见时冷着一张脸、奉命举剑追杀她的张海，做了朋友之后，私底下竟完全是另外一副面孔？虽说当兵的好奇野菜、草药什么也正常，但哪有军官一定要学怎么撬锁的？看着张海冷着一张脸，举着在途中买的铜锁问她如何撬开时，靖之有那么一瞬间，竟然觉得自己会这门手艺搞不好真的是件挺丢人的事。

　　但也因为这一路上有张海这么胡搅蛮缠，靖之倒没觉出多少身为奴隶的悲哀，一路上有吃有住，还有张海的护卫，远比她一个人南下时安全舒服多了。

　　当张海与王府总管做完交接，走到靖之跟前跟她道别的时候，她竟然生出几分离别的不舍来。

　　张海一副大人样地摸了摸她的头，说："我随军驻扎在城外，你以后有事可以托人给我带话。"想了想，又道，"王府有王府的规矩，你只要不太调皮，也不会有啥事。"

　　司马靖之偏头甩开他的手，回了他一个白眼："我什么时候调皮了？"到了王府她一定不会调皮的，这一路上她被他看得太紧，根本没有逃脱的机会，如今到了王府，她怎么能不找机会逃脱？

　　徐夫子教过她识时务者为俊杰，看到形势不如人就必须低下头，但她好歹是大晋朝的公主，怎么能心甘情愿做匈奴人的奴隶？何况她还要与母亲重逢，若是被困在中山王府，她何年何月才会再见到母亲？

　　张海被她的样子逗笑了，按着她的脑袋狠狠揉了一把，转身要走，却又回身，迟疑地问道："公主，我跟你，是朋友吧？就像你跟那个叫林生的一样是朋友？"

　　"不要叫我公主，我现在是奴隶！"靖之下意识地撇嘴反驳，否认的话才要出口，却在看见他一脸的期盼和小心时，转了话音，"当然不一样，你又不是他，你们是不一样的朋友。"

张海因为她的否认而黯淡下去的脸色，在听完最后一句时猛然亮了一下，随后一双眼睛笑眯成了一条缝，他又揉了下她的头发，才转身上马，疾驰而去。

司马靖之站在原地，愤愤地理着发丝，目光却一直追随着那远去的身影，直到再也看不见，她才随着奴隶们从后门进了中山王府。

其实，张海这个人，还不错呢。

中山王府占地极大，亭台楼阁，假山石雕，还有白玉栏杆与壁柱廊檐的雕刻，皆是仿照晋朝皇室规制而建，刹那间司马靖之竟有一丝恍惚，以为自己回到了皇宫。

这样也好，熟悉的布局更有利于她的逃跑计划呢。靖之睁大眼，拼命记下走过的路线。

比起在军中，王府的活计显得轻松多了，因为对草药和野菜的熟悉，靖之被分配去照顾府里的花草。与其他奴隶的认命懒散不同，靖之每天很积极地去花园里为花草松土、浇水，在侍女们提着篮子来采花时，她也会很热情地告诉她们哪些花儿开得好，哪些花儿味儿香甜持久。很快地，她就与侍女们混得很熟了，也摸清楚了王府里巡逻侍卫的交班时间。

在进入王府的第十天，司马靖之策划了一次逃跑。

她以为某位侍女姐姐送鲜花为由，出了奴隶居住的小院子，转进了后花园，趁着傍晚侍卫交班的间隙，企图从后院小门出王府，却被小门处的守卫发现，靖之无奈只得退回后院，却又碰上换班巡逻过来的侍卫，不得已她只能冲进其中一个院子，打算假装是院中的侍女蒙混过关，却不料刚提着花篮跨进院子，就听见一个侍女叫她："取几支鲜花罢了，你竟去了这么久，快些进去吧，莫要让侧妃娘娘等着急了。"

靖之还要迟疑，身后一个跟她差不多年纪的侍女已经推了她一把，她只得迈步跟着前面的侍女进了屋子。

屋里布置得很精致，帘幕低垂，靠窗的几案上清水供着几支鲜花。司马靖之乖巧地站到几案前，将篮子里的鲜花取出供上，目光一瞥间，却见案上翻开着一本佛经。

原来这侧妃娘娘也跟母亲一样信奉佛祖呢。

靖之供鲜花的动作微微顿了一下，旁边传来侍女的轻斥声："你这丫头好不知礼，侧妃娘娘的寝殿岂是你能东张西望的？还不速速退下！"

靖之做出一副惶恐不安的样子，赶紧低头认错，转身离开，却趁着侍女背身的机会，一猫身闪进了内室，听见里面一个温柔和缓的声音正在念经："为佛弟子，长于昼夜，至心诵念，八大人觉：第一觉悟，世间无常，国土危脆；四大皆空，五阴无我……"

脚步猛然顿住，司马靖之慢慢转身，不可思议地看向那个端坐在内室里的人——即便是穿着匈奴女子的窄袖胡服，她依然是那样的端庄高贵、雍容大气，美丽的容颜让室内都仿佛照进了阳光般明亮、温暖。

靖之的眼泪瞬间冲出眼眶。"母亲！"她喊着，小小的身子猛地扑向妇人，全然不顾那妇人被她扑得仰倒坐在地上。

那女子正是羊献容，她本是专心诵经，突然被人喊"母亲"，又见有人扑进自己怀里，也是大吃一惊，但当那小小的身子冲进怀里，抱着她号啕大哭，说出"母亲，我终于见到你了，母亲……"时，羊献容顿时也明白过来。

她不敢置信地把怀里的人抱出来，看着那张熟悉的带着稚气的小脸，她的眼泪也下来了："靖之，竟然是我的靖之！"她猛然又将她抱进怀里，母女俩哭成一团。

外间侍女听得动静，想要入内查看，都被羊献容及时制止了。靖之出现得蹊跷，一身明显的女奴打扮说明了她如今的身份，在未弄清楚事情的经过前，还是莫要让人知道靖之的身份吧。

这么想着的时候，怀里的靖之也哭累了，还是倚在她怀里不肯起来，说着分开后的事情，说到阿惠的死时又哭了一场。羊献容安抚了好久，她才止住了哭，问道："母亲，你怎么会在中山王府里？我听说这院子里住的是中山王新纳的侧妃，母亲怎么会在这里？"她停顿了一下，仿佛自己想通了，歪着头道，"我看到几案上有经书，莫不是侧妃也信奉佛祖，留了母亲一起讲经说道？"

羊献容抚着她头发的手顿了顿，才继续说道："当日洛阳城破，母亲被围困在宗祠中，以为必死无疑了。中山王遣人救了我，不惜得罪了其他人，母亲心里感激他，且中山王为人虽然粗犷，对我却很好，诚心求娶，母亲……母亲也是逼不得已，才改嫁给他。"这等乱世之中，她不过一个弱女子，即便曾为皇后之尊，城破后只有束手待人宰割的份儿。更何况中山王对她早在围猎时便已上了心。洛阳被攻陷之时，她早已送走靖之，真的是一心等死，却不料中山王竟派自己的心腹张海小将军率了一支敢死队入城，硬是将她抢了出来，这等情义，他开口要纳她为侧妃，她要如何拒绝？若真拒绝，是否会落到其他人的手中？

那样的情景，她想都不敢想。但她亦是大家士族之女，知礼义廉耻，虽然改嫁刘曜，却不愿声张，求得刘曜保密，以免让晋人得知曾经的晋室皇后竟然改嫁匈奴人，成为汉赵王妃。

只是这些事，她却不能说与靖之知道，这其中的利害关系，也不是她一个孩子能明白的。

靖之眼睛扑闪了几下，想说什么却没出声，只低声说道："可大家都说是匈奴人攻破了洛阳城，他还让我做奴隶……"

羊献容怜爱地抚了抚她的脸庞，安抚她："待母亲去求中山王，免去你奴隶的身份，以后就留在这中山王府陪母亲可好？"

司马靖之点头，能陪着母亲当然好，可是汉赵夺了晋朝的江山，她们怎能留在这里？她又怎能认贼作父？

羊献容只一眼便看出了她心里的想法，心里叹气，嘴上却说道："我儿莫多想，中山王虽也是匈奴贵族，但与现在的汉赵王刘聪却并非亲兄弟，率兵围困洛阳的是刘聪却非刘曜，与我晋人有亡国之仇的是那刘聪，与中山王无关的。"

靖之抿了抿唇，仍然没有说话。

自进了王府，数十天来她都不敢睡得踏实，如今与母亲重逢，又依偎在母亲温暖馨香的怀抱里，纵然心里有事，还是忍不住沉沉地睡了过去。

再次梦到了三月的围猎，她伸开手脚躺着，身下是轻柔如软被的碧草，头顶是温暖和煦的阳光，耳畔是鸟雀的啾鸣，靖之觉得整个人从骨头往外透出一股舒爽的感觉，又轻松又懒散，就像她以前在皇宫中那些无忧无虑的日子一样。

醒来时已是第二天的午时，羊献容一袭素淡的胡服，盘坐在窗前诵经，她的姿态还是那么的虔诚，光洁的面容在窗外阳光的照射下，生出一层润光，仿佛仙子一般。

"母亲。"靖之轻唤。

羊献容一如从前，念完一段经书，行完居士礼后才转头看向她，笑容慈爱："靖之醒了，睡得可好？还是跟以前一样，睡着了就叫不醒。"

听出她话里的打趣意味，靖之不好意思地皱了皱鼻子，随侍女去洗漱。母亲一直坐在窗边看着她，目光柔和带笑，仿佛她们根本没有分开过，又好像，只要她们能像现在这般在一起，曾经经历的那些苦难就都没关系了。

这样真好。靖之低头，心里是无法言说的满足。

用过了饭，靖之从母亲那里得知，中山王刘曜已经同意免去她奴隶的身份，让她留在王府中陪伴母亲了。

　　"王爷为人真的不错，得知你是我的女儿，我还未如何求，他便应允了。"羊献容执着丝帕为她擦拭唇角，继续说道，"稍后随我去谢过中山王吧。"她虽为侧妃，但靖之对中山王来说却是个寄住的陌生人，还是晋朝的公主，虽然刘曜没有说什么，但她们却不能不领情。

　　看着母亲小心看着自己的样子，司马靖之想要拒绝的话还是没说出口。中山王救了母亲，允许她与母亲同住，还将杀了阿惠的人交由她处置，从这一点上来说，他确实是个不错的人。但想到刘曜是匈奴的中山王，想到被攻破的洛阳城，想到破庙中屠杀百姓的匈奴兵士，想到南逃路上那些倒在路边的百姓，想到死去的林大叔，失踪的林生，还有染病死去的徐夫子，靖之就觉得自己没法认同刘曜是个好人。

　　她若不去，刘曜应该也不会为难母亲，只是母亲看着她的目光里满是期盼，靖之最终还是点了头。

　　中山王刘曜的议事厅位于王府的中轴线上，是整个王府最宏伟的建筑。阔大的大厅里，一身戎装的刘曜看到她们进来，笑容满面地过来牵羊献容的手，看着靖之，道："原来靖之公主竟是本王爱妃之女，倒是巧了。"

　　羊献容也笑着道："当日洛阳城破，兵荒马乱，妾与靖之失散，不知她流落何方。本以为此生不得再相见，未承想还有重逢的一天。多谢佛祖庇佑！"又看向刘曜，柔声道，"也要多谢王爷留下靖之。她心里感念王爷，特与妾身一同来拜谢王爷。"

　　刘曜笑着不说话，与羊献容一起望向她身后的靖之。

　　靖之抿唇，在母亲目光的催促下，屈了屈身，小声道："多谢王爷。"她行的是一般的万福礼，不失礼，也无法看出她心里有多么感激。

　　羊献容脸上的笑容一僵，余光扫到刘曜的脸色沉了下去，她赶紧道："靖

之,快跪下!王爷如此大度,对我们母女有再造之恩,当得起跪拜大礼的!"

低着头的司马靖之沉默了片刻,仍然没有跪下。她只是倔强地站在那里,不说话,也不跪。小小的身子在阔大的主厅里越发显得渺小,挺直的脊背却让刘曜的脸色越发难看了。

他伸手止住羊献容,盯着眼前的小姑娘,不动声色地问道:"本王身为汉赵中山王,就算当不得你大晋朝公主的跪拜,现在你母亲已是我的侧妃,作为长辈,难道也不值得你跪拜吗?"

司马靖之猛地抬头,洁白的牙齿紧咬着下唇,倔强的目光半点儿不肯让地与刘曜对视,主厅的气氛也猛然紧绷了起来,一旁的羊献容下意识地屏住了呼吸。

良久之后,靖之才低声说了一句:"你不是我父亲!"又垂下了头,低垂的头颅似乎是示弱,脊背却依然挺得笔直。

羊献容的心提到了嗓子眼,张嘴就要说话,刘曜却同时开口,声音平静无波:"哦,你是说本王不配让你下跪是吗?好一个大晋朝的靖之公主,竟比司马炽这个皇帝还来得有骨气。好,好,好!"

他连说三个"好",语气里带上了笑,却让羊献容的心揪得更紧了。汉赵的中山王从不是个好相与的,靖之如此与他对峙,她根本不敢想后果。

果然,刘曜笑声猛地一停,扬眉,再不掩饰自己的怒气,喝道:"好一个司马靖之!本王就让你知道,你如今是在谁的地盘上,谁才是那个能决定你生死的人!来人,把她带下去关起来,从今天开始,不许她再出侧妃的寝殿,除了侧妃,不许她见任何人!"

"王爷!"羊献容惊呼,转身要阻止侍女们拉走靖之,却被刘曜拦住:"本王答应让她陪着爱妃,才只将她关在爱妃的寝殿,若爱妃不愿意,那本王可以将她关进大牢!"

羊献容一惊,到了嘴边的求情再也出不了口,只能眼睁睁地看着靖之被侍女们带下去。深吸口气,才转身看向刘曜,叹口气道:"王爷怎么生这么大的气?靖之还小,又一直生活在汉地,不知匈奴人的习俗是要尊继父为父的。

王爷知道汉人崇尚孔孟之道，重孝道，为人子女者不能因母亲改嫁而认他人为父，否则就是违背礼法（《孝经》：故不爱其亲而爱他人者，谓之悖德；不敬其亲而敬他人者，谓之悖礼）。靖之虽未读多少书，但也是生活在宫里的，最是讲究礼法，一时转不过弯来才不能尊您为父的，王爷切莫因此气怒伤身啊。"

她语气温柔，声音清雅，一段《孝经》讲来娓娓动听，很好地安抚了刘曜升腾起来的怒火。

见刘曜面色缓和，羊献容便又跪坐到他身前，仰望着身前的男人，笑道："再说，王爷可是有大志向大抱负的人，胸中自有丘壑，怎么可能真的与一个小姑娘置气呢？"

这次，刘曜低头对上了她的眼睛，唇角扯出笑容："哦？爱妃是怎么看出本王胸中丘壑的？"

"佛经讲'相由心生'，可知一个人心里想着什么是可以从面上看出来的。妾身读了那么多的佛经，相面之术说不上精深，却也能看个八九不离十。王爷面相威严，天庭饱满挺括，一看就是天生富贵之命。"她微微低头，抿唇笑得别有意味，"如今的富贵是王爷的富贵，未来可还有更大的富贵在等着王爷呢。"

在她说话时，刘曜看着她的眼睛越睁越大，最后却又微微地眯了起来。羊献容每日诵经他是早已知晓的，本就是难得的美人，安静诵经的样子更加宁静、安详，看着就给人一种信服的感觉。所以她说的话，他总是相信的。

"你这么说，莫不是为了给那丫头求情？"迟疑了一下，刘曜还是问道。

羊献容抬眸一笑："王爷是什么人，未来又岂是她一个小丫头能左右的？与她置气都是王爷给她脸面了，妾身都知道。以后妾身会好好管教她的，绝不让她再惹王爷生气。"

她小心翼翼地讨好，平日里雍容高贵的姿态在这一刻放得很低，那模样竟意外地让刘曜心情大悦，大笑道："你就跟本王耍心眼吧，当本王不知道你心里的那点儿算计呢？好啦，本王就解了她的软禁吧，也省得爱妃费尽心思来哄

本王了。"

　　羊献容大喜，忙行大礼拜谢，刘曜却挥手让她下去，又吩咐人去叫心腹谋臣，竟是迫不及待要与人商议的样子。

　　羊献容知道自己说中了他心里的想法，勾起了他的野心，此刻自己想留在这里，只怕他也不会让她知道自己的谋算。所以她也不再留下，行礼告退，出了主厅后，匆匆地往自己的寝殿赶去。

　　羊献容的寝殿不小，偏殿有四五间之多，侍女们却偏偏选了最小最靠里的那一间来关司马靖之。想到那屋子的阴暗潮湿，羊献容就忍不住心疼。

　　她的靖之，在她的身边竟然还要吃这样的苦！

　　带着侍女匆匆赶到偏殿时，远远地就看到被关上的门后探出一双瘦弱的小手，在挂在门上的大锁上来回摸索，然后定住，也不知是怎么操作的，不过眨眼间，羊献容就看到大锁突然往下一沉，随后被抛在了地上，原先紧闭的门被轻轻推开，猫着腰的司马靖之从屋里探出头来，左右环顾间，正好与羊献容的视线对了个正着！

　　当一个母亲看到自己金枝玉叶的公主女儿，竟然如小偷一般撬锁偷溜的时候，她心里是什么感受？这一刻，羊献容实在想不出合适的言语来表达自己心里的复杂与难受。

　　她的靖之，竟然做着小偷一般的事情！

　　靖之被她看得不好意思了，摸摸鼻子，唤她："母亲……"随即将手背到了身后。

　　羊献容却猛地小跑三两步到她跟前，蹲下身，执起她的手细看。原先肉嘟嘟的手背上早已看不见肉了，短短的指甲缝隙里有洗不去的泥垢，原先细嫩的掌心里有一层薄薄的茧，摸着分外粗糙。

　　这是一双吃足苦头的手。羊献容紧紧地捧着这双小手，双眼控制不住地发热。

　　在知道阿惠被杀后，她便知道她的靖之吃了很多苦头，吃不饱，穿不暖，还要一路南下，她想过靖之会过得如同小乞儿，却没想过她竟然会像小偷一样去撬锁。这是她金枝玉叶的女儿，是养在皇宫中的公主啊，撬锁，小偷，这……这让她怎么想得到？

"母亲，我……我没事……"羊献容低头默默流泪的样子吓到了司马靖之，她想抽回手，却被羊献容握得更紧，母亲的泪水落在她的手背上，热得发烫。

靖之心里更慌了，往前偎进母亲怀里，轻声安慰："母亲，我没怎么样，被关一下而已，你看我自己都出来了，没事没事。"

她越是安慰，羊献容的眼泪却落得更多，压抑地哽咽地抽泣着，良久之后，她才压抑住哭泣，问道："靖之南下一趟，倒是学会了不少技能呢。除了撬锁，还会什么啊？"

她问得轻缓，将心疼与不舍都压抑住了，似乎真的只是对靖之南下一路的事情好奇一样。

靖之见她终于不哭了，心里松了口气，便也笑着回道："还没与母亲说呢，我会的东西可多了，辨识草药，找野菜，爬树掏鸟窝都会，还会用树枝叉鱼。对了母亲，我还学了功夫，虽然学得不好，但以后再有人欺负我们，我就可以保护母亲了。"她说得轻松，一副很是为自己骄傲的炫耀模样。

羊献容一直含笑看着她，微红的眼眶随着她的话越发湿润，等她说到要保护自己时，她竟忍不住再次哭出声。

靖之上前一步抱住了她，在她的哭声中，竟忍不住也流下泪来。

偏远阴暗的角落里，相拥的母女二人，如同失去依靠与遮掩的小草，只能彼此依靠，相依为命，度过艰难而孤独的时光……

中山王刘曜对羊献容是真的好，对她的要求几乎是有求必应。靖之从偏殿里放出来后，就被允许住进了羊献容的寝殿里，日日陪伴在羊献容跟前，只在刘曜出现时才躲进偏殿小屋，不在刘曜跟前晃悠。

她心里对刘曜到底还是有几分芥蒂的。但羊献容却不能让她就这么不明不白地在后院里住着，说不出个身份来。她的女儿，哪怕如今成了赵人的俘虏，也掩盖不了曾经是金枝玉叶的事实，不管在任何时候，司马靖之都是能堂堂正正站出来的。

所以当刘曜又来到她寝殿，羊献容在靖之打算退出去时，伸手止住了她："真是小孩子不懂事，这几年流落在外，也没人教导，连规矩都不懂了。王爷都不与你计较了，你还要与王爷置气不成？好孩子，去给王爷磕个头，谢谢他免了你禁足的惩罚。"

不得不说，羊献容确实是心肝多窍、玲珑乖巧之人，她这般温声软语地说出二人之前的对峙，就好像是作为晚辈的靖之在耍脾气任性一般，却又点明了靖之年纪小，还流落在外无人教导，那她耍脾气就是值得被原谅的事儿。而她又捧了捧刘曜，言明刘曜宽宏大度，必定不会与靖之计较，哪怕靖之不肯磕头下跪，只怕刘曜碍于她这番言语，也不好翻脸再次惩罚靖之了。

果然，刘曜见靖之呆立着，不肯如羊献容所说下跪磕头，便一挥手大度地道："多大点儿事，这都是汉人的规矩在使坏，怪不得她。孩子不肯违背礼法叫我一声'义父'，本不是什么大事，只是中山王府中人员往来复杂，少不了王兄和各府中的探子，平日里府中倒也无事让他们探查，但如今爱妃你是晋朝前皇后的事王兄已知，若被人探得靖之称呼你'母亲'，只怕是会对她的身份起疑。如今王兄正在调拨人手追查晋朝皇室司马氏的族人，若知晓靖之公主藏在本王府中，倒要惹出不必要的事端来了。"

他说到此处，顿了顿，羊献容微微含笑，递上一杯羊乳茶，温柔地一低头，道："王爷所言甚是。不知道王爷有何良策？"

刘曜便眯眼望着她笑了笑，又抬起头看了看眨着一双水亮杏眼看着他的靖之，笑道："本王想着，爱妃孤身在王府中，难免孤单寂寞，本王心里怜爱，便命人掳了司马氏的一个远房宗室女来与爱妃做伴，充作爱妃的贴身侍女。如此，爱妃与靖之在人前虽不能以母女相称，却可将靖之留在爱妃跟前，日日陪伴，岂不是更好？"

倒确实是个两全其美之策。司马靖之眨巴了下眼睛，匈奴人一路追着南逃的人群，确实是在捉拿晋朝皇室之人，若知晓她的存在，必会将她带走，用来折辱司马氏。与其与母亲分隔两地，倒不如隐藏了身份陪在母亲身边，之前徐夫子就教过她，人在屋檐下不得不低头，她隐藏身份也不是第一次了，倒也不觉得如何羞辱。

想明白了，她便微微低头，向刘曜又施了一礼，道："多谢王爷。"

这还是她进了王府之后，第一次向刘曜服软。

刘曜志得意满地一笑，目光却盯着羊献容。司马靖之不过是个孩子，要说服她很简单，但羊献容却不一样，她早年辅佐晋惠帝处理朝政，练就了非凡的政治敏锐度，自己如今的安排，她是否会察觉不对？

羊献容却仿佛没有注意到刘曜的目光一般，端起茶轻抿一口，才抬眸笑道："王爷设想周全，妾铭感五内。只是靖之一向缺少规矩，做侍女只怕不成吧？"更重要的是，她心里总有种隐隐的不安。明明之前刘曜还对靖之不满，将她当作奴隶使唤，如今却突然转变态度，若说只是因为疼爱她为她们母女着想，打死羊献容也不会相信。

因为中山王刘曜，就不是那等会为了美人而误了江山的人。但他到底打的是什么主意，羊献容一时半刻也说不出个所以然来。所以她只能试探。

刘曜与她对视片刻，才咧开嘴大笑，屈指点了点羊献容，道："在爱妃跟前，靖之需要什么规矩？随她自己的性子也就是了，不过就是白占个侍女的名头，还真能当侍女使唤不成？爱妃实在是想得太多了，这事儿就这么定下了。"

他都这般说了，羊献容也就不能再反驳了，司马靖之便以侍女的身份留

在了中山王府，成为羊妃跟前的红人。府中除了寥寥数人，并无人知道司马靖之与羊献容的关系，在人前，她们维持着适当的距离，就真的像中山王说的那般，靖之只是司马氏远房宗室女，是中山王特意掳来，以慰藉羊妃娘娘思乡思女之情的。

经历了一路逃难和阿惠之死的司马靖之，只要能日日陪在母亲跟前，再不与母亲分开，便心满意足了。羊献容见她并无任何不满与不适应，便也就没有再多说什么。

倒是深知她身份的张海，心中怜惜她不能与母亲相认，知道司马靖之最是爱玩爱闹，又古灵精怪，如今为了母亲不得不压抑着自己的性子，学着王府中的规矩，在不当值的时候常过来陪她说话，又借着自己身为中山王的副将出入王府之便，从大街上捎一些小玩意儿给靖之，逗她开心。有时候是几只草编的蚱蜢，有时候是绘得夸张又吓人的面具，有一次还给她送来了几颗尖利的狼牙，渐渐地，司马靖之原本活泼爱玩的性子便有些压不住了。

这日张海又给她带了一节晶莹剔透的骨笛，靖之坐在后门的石阶上，玩得爱不释手。"这是什么的骨头？这么白净好看。"

张海笑道："该是野狼骨头，细细打磨过的，自然白净。"

"小将军，你再给我讲讲外面的集市吧，都有哪些好玩的？"

张海失笑，伸手戳她的额头："这都给你讲几回了？只要捎回你喜欢的玩意儿，定是要缠着我讲一回，只怕这耳朵都要听出茧子来了吧。"

司马靖之被他一闹，也笑起来，用力拍他的手："我的耳朵才没有茧子呢。我要是能出去到市集看看，才不稀罕你讲呢。哎，也不知道能不能有机会去市集。"

她原本欢快的语调突然转为失落，张海的心情也微微低落下去，想了想，道："府中规矩，仆婢奴隶不得随意出府，要不带你出去看看也无妨的。"

"出去？"靖之眼睛一亮，转头看他，"可以吗？你能带我出去吗？"

张海一愣，下意识摇头："我倒是有出门的令牌，只是你如今的身份为侍女，却是不能出府，若被当成逃奴，可是要被杖毙的。"

第五章 母女重逢

"我又不逃，我只是出去看看，看完了就马上回来！"司马靖之反驳他，随即语气一软，求道，"小将军，小张将军，张海哥哥，你就带我出去看看吧，我保证，看完了马上就回来，不会让人知道的。"

张海犹豫不决："这……"这真的违反王府的规矩，若被王爷知道了，只怕他也逃不过惩罚。只是，王爷也知道靖之公主的身份，又允许她待在羊妃娘娘身边，就算知道了，也不会真的怪责她吧？

司马靖之看出他的犹豫，马上好一阵恳求，终于求得张海点头。

两人约定了第二天出门的时辰与会面的地点，张海再三交代不能让人知晓，这才分开，各自离去。

说得兴起的两人，却没注意到，在他们身后的花丛中，在茂盛的花枝遮挡下，站着一个穿着华贵的女孩子。她一手执着马鞭，一手将一朵盛开的芍药捏了个粉碎，任花汁染了满手，恨恨地咬牙道："好狗蛋的汉奴，竟敢密谋私逃！若不能好好教训你们，我阿姣便枉为这中山王府的郡主！"

中山王府侧门的假山树林里，阿姣带着一小队侍卫静静地潜伏着，眼睛眨也不眨地看着从内院通往侧门的小路。

张海若真敢带着那个叫靖之的侍女出府，必定是从侧门出去，到时候她就能将他们抓个正着。哼，他们以为中山王府是什么地方？岂容得他们想出就出！

"郡主，那是张海将军，属下等真的要抓他去见王爷吗？"侍卫中看起来是小头领的人小声地问着前面的阿姣。

他们是守卫王府的侍卫，而张海将军是中山王的副将，担负着护卫王爷、守护王府的重责，虽不能直接管他们，但平日里张将军也没少关照他们，如今让他们直接将张将军绑了，不免有点儿下不去手。

阿姣回头瞪他一眼，没好气地说："你懂什么？汉人说非我族类其心必异，张海本就不是我们赵人，更不是什么贵族，谁知道他心里在想什么？他带着那个汉人侍女出去，说不定就是要放她逃跑，本郡主的奴隶岂容他私放？"

小头领还有些犹豫："可是王爷那边……"

"自有本郡主担着，父王怪不到你们头上！"阿姣轻声呵斥，"噤声！"众人忙看向小路，果然就见两个身影向着侧门这边过来了。

司马靖之脚步轻快地跟在张海身后，东张西望地打量着侧门的情形，问道："这王府到底有多少侧门？当时进府的时候，走的好像不是这个门。"

张海回头看她，脸上的笑容与身后的阳光一样灿烂："要不是知道你如今没有离开王府的心思，你这般打听王府的出入口，我都要怀疑你是不是在计划逃跑了。"

司马靖之给他一个白眼："别以为我就不会逃跑！你要再这么惹我，今天集市上我就跑了，看你到时候如何向府里交代，仔细王爷打折你的腿！"

张海又笑了："都说游侠最是讲义气，为朋友一诺，赴刀山，下火海亦不迟疑。我虽不是游侠，但若你真逃跑了，王爷审问起来，我必不会出卖你，哪怕打折了双腿，也咬紧牙关不会吐露一个字的。"

见他说得认真，司马靖之虽心知他是开玩笑，也有几分感动。此时他们正好走到门口，张海出示令牌，守门侍卫放行。

司马靖之站在府门外，呼吸着门外的空气，不过只是一道门的区别，竟让她有种天地都不一样的感觉。

这样的轻松与自由，让她起了玩闹的心思，摆出拔腿要跑的架势，逗张海说："那我可真跑了，小将军还要谨记方才之言啊！"

张海还是那副笑脸，正要接话，却见门口拥出一队侍卫，在阿姣清脆的叱喝声中，不容分说，三两下就将二人绑缚起来。

张海愣怔片刻，随即道："郡主，属下所犯何罪，劳烦郡主带人捉拿？"

阿姣冷哼一声："你与逃奴勾结，胆敢助她私逃，本郡主今日必要让她知道逃奴的下场！"

"属下不服！"张海还要分辩，阿姣却挥手，示意侍卫将他的嘴堵了起来，居高临下冷冷地看了他身边的靖之一眼，道："将他们带去给父王，今日一定要让父王好好看看，他这个汉人副将，安的是什么心！"

中山王府的大厅里，张海与司马靖之并排跪着，阿姣一身骄横的气质此时再看不出分毫，她抱着刘曜的手臂，宛然一个撒娇的小女儿，道："父王，你要相信我，真的是他们两个要私逃出府，被我抓住了的，不信你可以问侧门的守卫，看他们当时是怎么说的！"

刘曜不说话，神情莫测地看着眼前上演的一幕，听到阿姣的话，目光便移到随她一起过来的后门守卫身上。

守卫立马上前施礼，恭声道："禀王爷，郡主所言属实，当时张副将确实说过，若侍女司马靖之逃跑，哪怕王爷打折他的双腿，也定不会吐露半个字！"

张海挣扎着要说话，奈何嘴巴被堵住，只发出"呜呜呜"的声音，靖之赶紧分辩道："我们只是开玩笑的，并不是真的要逃，我怎么会逃跑？我

母……"

她想说我母亲还在府中，却被阿姣一声呵斥打断："奴仆也敢自称我，可见是不把规矩放在眼里！这般没规没矩，岂会没有其他心思？本郡主明明见到你要逃跑才下令抓人的，你还敢狡辩！看来不打断你的腿，你是不会说实话了！"她挥手就要命人过来动刑。

张海"呜呜呜"地叫着，跪行几步，将靖之拦在身后，向着刘曜顿首，却是向他行了个匈奴勇士之礼。

匈奴人最重武力，勇猛无敌之人在族中可不向贵族行礼。张海是他麾下的勇士，此时向他行礼，是在以勇士的身份向他做担保。

刘曜不好再沉默，命人取出他嘴里的布条，问道："张海，你可是有话要说？"

张海再顿首，道："王爷明鉴，属下与靖之有一路同行之谊，近日里见她闷闷不乐，才想带她出府散散心，并无放她逃走之意。属下深知自己身份，也曾起誓终生效忠王爷，如何会做背叛王爷之事？"

"哦？"刘曜浓眉挑起，面上神色莫名，"后门守卫所说又当作何解？"

"不过是玩笑话而已！"张海毫不迟疑道，"靖之若真想逃走，可等属下带她入了集市，借着人群逃遁，那时属下即便想要捉拿，只怕也无法追上，如何会在府门口，当着守卫就要逃跑？这般愚蠢，不说属下做不出，靖之也定然不会做的，万望王爷明察！"

旁边阿姣跺脚怒喝："混账，你是说本郡主愚蠢吗？"

张海低头不语，靖之则忍不住瞪了她一眼。

明明她跟张海就是在说玩笑话，后门守卫也知道，才会给他们放行，偏偏这个郡主要当真，还抓了他们，不是蠢是什么？

刘曜却拍了拍阿姣的手背安抚她，看着张海，不动声色道："就算你说的属实，你确实没有心思要带她私逃，却不保证司马靖之没有逃跑的心。"他不用转头看，就能想象出此刻司马靖之瞪着他的样子。

"本王治下历来严苛，你在本王手底下做事多年，素知本王的手段。今日

之事，本王可不惩罚你二人，但本王却也得给司马靖之一个教训，让她知道知道，我们是如何对待逃奴的，免得让她以为所有的奴隶都过得如她一般舒坦！来人！"

  当天司马靖之就被人带到了关押奴隶的地方。这些奴隶基本全是晋人，住在用破烂的木头搭建的小屋里，甚至不能称之为屋舍，只是比匈奴人圈养牛马的棚舍多出了几面墙罢了，围得密密实实却没有遮风挡雨功能的围栏，屋里地上随便铺一张破烂的草席就是奴隶们睡觉的床了，同样穿得破烂几乎衣不蔽体的奴隶们被用鞭子驱赶着，喂养牛马，搬运石头，承担着繁重的活计，只要有一点儿纰漏就立马招来一顿鞭打与怒骂。

  带靖之过来的是王府的大管家，穿着一身华丽的长袍，在衣领袖口处缀着皮毛，象征着他匈奴人的身份。大管家看着靖之惨白的脸，和她脸上不忍的表情，露出得意的笑："这些人可得好好感谢我们王爷心慈，留了他们一条命。不过也有不懂感恩的，不肯好好干活，这奴隶营里可多的是手段招呼他们呢。来人，我们去刑场！"

  所谓的刑场，就是专门惩罚不听话的奴隶的地方。赵人管事们会将受刑之人绑在刑场中央，公开施刑，让其他的奴隶围观，既惩罚了不听话的奴隶，也起到了震慑吓唬其他人的目的，一举两得。

  此时刑场里正在行刑。偌大的高台上，一个男子被绑着双手吊在刑台上，他身上本就破旧的衣服已经被皮鞭抽烂，一条一条地挂着，露出里面鞭伤纵横的皮肉来，血肉模糊，几乎看不见一块完整的皮肤。而行刑的大汉还在一鞭一鞭地抽着，旁边一个十多岁的匈奴小子一声一声地数着。

  "四十六！"又是一鞭子下去，台上的身躯抽动，发出一声嘶哑的低鸣。

  这已经称不上是惨叫了，只是人在受伤疼痛到极致的本能反应罢了。底下围观的奴隶们随着这一声惨叫，齐齐抽动了一下身体，仿佛那鞭子就抽在自己身上一样。

  司马靖之被大管事命人带到最靠近刑台的地方观刑。她想捂住眼睛，但大管事命人按住她的手；她只能闭上眼睛，但当那低低的惨叫声发出时，她也忍不住抽动了下身子。她不敢呼吸，仿佛一吸气鼻子里就全是血腥味，稍微喘得急点儿，身上就会抽疼似的。

她是见过死人的，见过林大叔被匪徒乱刀砍死，也见过徐夫子被时疫折磨着一点点地死去，但那些都跟眼前的这个不一样。那个刑台上的人，前一刻可能还是生龙活虎的，但此刻却已经是个身无完肉、血肉模糊的人了，而让他变成这样的人，并不想从他身上夺走什么，他也并不是因为无法抗拒的疾病，而是被人活生生地鞭打，为了折辱他，为了让他的同胞们都看着，害怕，恐惧……

不，他们想夺走他的意志，夺走他的傲气，夺走这些人想要反抗的心。这些赵人，想要彻底地将他们的骨头打软！

司马靖之心里突然生出一股勇气，她猛然睁开眼，直直地看着台上，哪怕那鞭子抽得她都觉得疼，哪怕血腥味让她闻着恶心想吐，她还是强迫自己睁开眼看着，却猛然对上受刑人的眼睛，那么直直地看着她，带着一瞬间的不敢置信和怔然！

是，是那个在围猎场教她骑马的卫阙！他也被赵人抓住了，沦落为奴隶，还被绑在刑台上受刑！

司马靖之不敢相信地瞪大了眼，双脚往前，下意识地就要喊出声，却见台上的卫阙猛地冲她使了个眼色，随后闭上眼惨叫了一声。这一声叫得比之前都要大声，声音里的疼痛根本掩饰不住，透着一股求饶的味道。

司马靖之要出口的叫声便噎在了喉咙里——卫阙似乎不想让别人发现他俩认识。

卫阙的求饶似乎终于让台上行刑的人满意了，大笑着收起鞭子，冲着围观的人嚷道："看到没？这就是不听话的下场！以后谁再敢不听话，台上的这个，就是你们的下场！"

底下的人噤若寒蝉，没有人敢抬头与行刑之人对视。赵人终于满意了，有人上去解开绑着卫阙双手的绳索，他顿时如一摊烂泥般软倒在地，被两个孔武有力的士兵架起来，拖下台去。

司马靖之的目光一直追随着他，卫阙也睁开了眼看着她，目光里情绪复

杂，说不清有些什么，但靖之知道，她不能揭穿他的身份。

虽然见过死人，但靖之还是有些被行刑的场面给吓到了，加上心里有事，回王府的路上，她的脸色都很难看，惨白得没有一丝血色。无论大管事与她说什么，她都是一副魂不守舍、说不出话来的表情，这让大管事很满意，将她送入后院后，就去向中山王刘曜复命了。

司马靖之在母亲的院子里站了好一会儿，仍然不能平定心神。她记得卫阙是皇帝叔叔的卫队将官，护送着皇室成员南逃，但如今他成了奴隶，那他护卫的司马宗室们现在在哪儿呢？那些看管奴隶的管事们看起来并不知道卫阙是谁，卫阙不让她戳破他的身份，是有什么计划吗？可是他自己都被看管着，真有计划的话又该如何施行？

这些事她想不明白，但母亲应该知道，她要去找母亲说说，说不定母亲能想出卫阙这么做的原因。

这么想着，司马靖之来到母亲的寝殿外，却被羊献容的贴身侍女拦住了："侧妃娘娘有客人，请稍候片刻。"

客人？靖之微微一愣，她来到中山王府的时间虽不长，却从未见过母亲这里有客人。私底下她也听侍女们闲话，中山王的王妃早已过世，留下了唯一的女儿阿姣，被整个中山王府捧在手心里娇宠。如今王府中除了母亲，还有两个侧妃娘娘，姓刘，是一对堂姐妹，曾经也很是得中山王喜爱的，但自从母亲入府后，中山王便多在母亲寝殿流连，那对刘姓姐妹似乎是失宠了。

但这两位毕竟当了多年侧妃，连郡主阿姣幼时还得到过她们的照料，在府中颇有些威信。母亲得宠之后，她们不敢明面上对付母亲，背地里小动作却没有断过，王府里面除了分到母亲院子里的奴婢，其他人谁也不敢与母亲来往，母亲在府中难免孤单，所以中山王才会允了母亲让她留下来做伴。

如今母亲竟然有客人，这府中终于有人敢与母亲来往了？还是说这客人只是冲着中山王的面子而来？要是母亲在这府中立足了，那她是不是就能永远陪在母亲身边？或者对中山王刘曜来说，母亲不需要她陪伴，她也就失去了活着的价值？

第六章

本就心思重重的司马靖之又添了几分忧思，侍女见她情绪低落，也不多说，退下去做自己的事。司马靖之在殿外站了良久，还是缓步进了寝殿。

这是母亲的寝殿，无论何时对她都是敞开的。这一点她还是确信的。

羊献容一向安静的内室里传出轻言细语与欢快的笑声，靖之又愣了愣。母亲似乎从未这么轻柔地与她说过话呢，今天来的客人到底是谁？

她实在是太好奇了，轻踮着脚尖，轻轻地探头过去看，正看见铜镜前坐着一个女孩子，母亲拈着一朵粉色绸花比画着，像是思考替她把花戴在哪里更好看。女孩容貌英气硬朗，浓眉高鼻，眼角眉梢飞扬着倨傲与刁蛮，她不就是之前在刘曜面前告自己状的阿姣吗？

"我们阿姣郡主生得这般好，簪上这绸花，更是好看呢。花园里的牡丹花都比不上郡主的娇容呢。"羊献容站在阿姣身后，伸手抚着她鬓边的短发，笑容爱怜又温柔，眼神中更是带着毫不掩饰的宠溺，仿佛她看着的，是她心里最重要的宝贝一般。

司马靖之突然觉得很难受，心里沉甸甸地压着，生出一种熟悉的茫然无力感。母亲是否曾经也用这样的目光看过她？想不起来，记不得，她总是闯祸，母亲看她的眼里不是透出些无奈，就是泪眼婆娑，何时有过如这般单纯的欢喜？

铜镜前的阿姣看到了自己鬓边的花儿，自然也看到了镜子里的羊献容，她脸上浮现大大的笑容，道："羊妃娘娘你人真好，一点儿不像她们说的那样坏呢。"说完似乎发觉自己说了不该说的话，赶紧掩了掩嘴巴。

羊献容却仿佛没有听到一般，牵着她的手带她到桌子边坐下，递给她一块精美的糕点，笑道："郡主是有所不知了。我曾经是晋朝的皇后，有过一个女儿，就跟郡主你差不多大，爱玩爱闹，难得有安静下来让我给她簪花的时候。如今能给郡主簪花，也算是了了我一桩心事。"她说到后来，语气里带了几分失落与怅然。

阿姣幼年丧母，虽府中的侧妃与侍女们待她千依百顺，但终究不是以母亲之心待她，如今羊献容显然是将她视作自己的女儿，疼宠慈爱是她从未在其他

人身上看到过的，顿时心中也生出了几分孺慕之思，问道："羊妃娘娘的女儿如今在哪儿？我听说晋朝皇室的人都逃去了江南富庶之地，她也在那儿吗？我去求父王，让人去江南帮你找回女儿吧。"

她虽刁蛮任性，到底还是个孩子，心里有着天然的善良。

羊献容目光中泪花一闪，方要说话，眼角扫到门口的人影，又转了话头，笑道："我女儿如今在哪儿，我也不知晓，不过我身边倒有个晋朝宗室的孩子，这些时日一直由她陪着我，倒是解了我不少思女之情。"说着招手让司马靖之到身边来，抚着她的肩头对阿姣笑道："郡主还没见过她吧？她叫司马靖之。"

阿姣却眉目一竖，"噌"地从凳子上起身，指着靖之呵斥道："难怪你要逃跑，原来是晋朝宗室！哼，这次父王没有惩罚你，下次我可不会饶过你！"说完也不管羊献容，转身就跑出去了。

母亲对阿姣与对自己的态度截然不同，司马靖之不想再与母亲述说遇见卫阙的事了，但羊献容却是早已知晓她与张海出府散心被阿姣郡主抓住送至刘曜跟前的事，所以才去请了阿姣过来说话。

只是，看阿姣的态度和靖之的神态，只怕她们二人的矛盾还不小呢。羊献容看了她半晌，才叹气道："这中山王府中看着平静，内里也有诸多凶险，你日后出入要多加小心才是。"

靖之点头称是，犹豫了半天，还是没有将遇见卫阙的事说与她听。在阿姣郡主跟前的母亲，对她来说太陌生了，她不知道自己还能不能在母亲跟前毫无顾忌地说话。

而此刻羊献容却也有自己的心思，没有注意到女儿的欲言又止。她如今在这中山王府中得势，看似颇受刘曜恩宠，甚至有专宠之嫌，但其实也是步步艰难。在晋朝皇室，她多年辅佐先皇，通晓政事，是刘曜看重她的关键，却也因此引来了刘氏姐妹的嫉妒，她们自己不便出手，便想通过深受刘曜宠爱的阿姣来对付她，只怕靖之今日的无妄之灾，也只是被她连累罢了。

看来，她还得好好想想，如何拉拢阿姣。若能改善阿姣与靖之的关系，以阿姣在中山王府的受重视程度，靖之以后的日子也会好过很多。

起码不用担心有人背后算计了。

从这天开始，羊献容便常常请阿姣到自己这里来玩儿，每次都找了很好的借口，有时候是做了汉人的点心吃食，有时候是制了漂亮的花钿荷包，有时候是亲手为阿姣绣了绢帕绣鞋。

羊献容出身的晋朝士族大家，最是讲究子女的教育，女子"德言容功"学得极好，为阿姣做的绣鞋绣花精美异常，掺了金银丝线，鞋面上缀满米粒大的珍珠，再在前头缀上一只金铃铛，穿惯了马靴的阿姣穿着这么精巧的鞋子，走一步就听得铃铛清脆地响，阳光照耀得珍珠散发出荧荧的光，看起来像个小仙女似的。

"这鞋子好漂亮，羊妃真是手巧！"阿姣笑得合不拢嘴，绣鞋穿上了就再不愿意脱下来，仰头望着羊献容的面容上，是满满的欢喜与亲近。

羊献容还是那样温柔从容地笑，蹲下来为她整理鞋面上的珍珠，一如一位慈爱的母亲："郡主喜欢就好。等回头我有空了，再做一套与这绣鞋相配的襦裙，公主不要嫌弃才好。"

阿姣高兴得一张小脸红通通的："好，我等着羊妃的襦裙！对了，羊妃以后叫我阿姣吧，叫郡主可真生分。"她这么说着，大大的眼睛扑闪着，带着一丝不确定的怯意，似乎害怕羊献容拒绝似的。

羊献容自然不会拒绝，顺她的意亲热地唤她"阿姣"，两人依偎在一起，亲热的样子真如一对亲母女。

司马靖之默默地看着她们，又往后挪了挪脚步。这样慈爱亲切的母亲，她没见过几次。母亲亲手做的珍珠鞋，她没穿过，阿姣郡主却穿上了。她说不清心里是什么样的感觉，堵堵的，慌慌的，让她说不出，却又难受得很。

那边阿姣不知道与羊献容说了什么，突然回头，看了靖之一会儿，又招手让她过去。靖之迟疑了片刻，还是过去了。

走近了，才听到阿姣对母亲说道："羊妃放心吧，我去跟父王说，让靖之做我的近侍女官，肯定不让别人欺负她，呃，我也不欺负她！"

第六章 化敌为友

阿姣最后这句话，正好对上了司马靖之心里的嘀咕。是啊，在这中山王府里，欺负她最厉害的不就是阿姣郡主吗？

羊献容一副根本没听出来的样子，将靖之推到阿姣身后站着，似乎很满意看到她们这样站在一起的样子，笑道："那就多谢阿姣了。我孤身在中山王府，多亏了阿姣和靖之陪我，慰藉我思乡思女之情，以后你们可要好好相处啊。"

"嗯！"阿姣重重点头，司马靖之看看阿姣，再看看一脸期盼、用眼神示意她的母亲，最终还是点了点头。

这一天的阿姣很是开心，临走之时提着裙脚，向羊献容行了个礼，然后低头看着自己的绣鞋，嚷嚷着要让父王看看她的新鞋子，踩着清脆的铃声回去了，一群侍女们跟在她身后离开，羊献容的寝殿顿时显出了几分清冷。

因为阿姣在，靖之一直站在角落里，此时阿姣走了，她仍然没有挪动，很久之后她才忍不住开口问道："母亲为何要将我推给郡主？"这是嫌弃她了吗？

她的情绪明明白白写在脸上，羊献容叹口气，屏退侍女，走到她跟前，低头看着她，道："母亲做这一切都是为了你好。"

"我只想陪着母亲，不想去给郡主做侍女！"她也是公主，母亲却让她给阿姣做侍女，她觉得心里真难受，真难受。

羊献容的面容沉了下来，她想责骂靖之不懂她的苦心，每日里周旋在刘曜与阿姣之间，既要为刘曜的政事伤身烦心，还要为了保住靖之笼络阿姣，最近她时常觉得身心疲惫，但看到靖之掩藏着的不安与难过，她最终没有将心里的话说出来，带着一丝笑，她说："靖之不是想出王府散心吗？阿姣受中山王宠爱，随时可自由进出王府，你做了阿姣的近侍女官，以后就可以时常跟着她出门见识，再不会被人视作逃奴了，岂不是很好？"

原来母亲还是为了她。靖之顿时便不作声了，方才倔强昂着的头缓缓地垂了下去。

羊献容知道女儿这是接受了她的说辞，便又柔声道："靖之如今也长大

了,该学着懂事了。你既然跟着阿姣,就得学会多看多听,将看到听到的事儿回来说与母亲听。"

靖之茫然:"看什么?听什么?"

"当然是看着阿姣啊,看看她都跟什么人来往,王府里这么多侧妃、王子想要巴结上阿姣,让她在王爷跟前说好话的人多了去了,你只要跟在阿姣身边,将这些记下来告诉我,我再伺机挑拨他们的关系,总不能让匈奴人的日子过得安生了。"抚着靖之的头发,羊献容面面带笑,说得很轻柔。

司马靖之猛地抬头看向母亲,不敢相信自己刚才听到的。母亲的意思,是让她透露阿姣的行踪,并且跟踪查探她的一举一动吗?可她身为阿姣的近侍女官,虽不是自己甘愿,却也知道不能做这种背主之事,母亲这是要让她做背信弃义之人吗?

她想质问母亲,却看见母亲满脸的疲惫时,又将话忍住了。很多事她不懂,但母亲终归是汉人,是晋朝皇室曾经的皇后,虽迫不得已嫁给了刘曜为侧妃,总是还想着晋朝的,想搅乱中山王府的心到底也是好的。最终,司马靖之还是将心里的不满压了下去。

中山王刘曜儿子众多,却只得阿姣一个女儿,当真是如珠如宝地宠着,宠出了阿姣的刁蛮火暴任性脾气,却也宠得她心无城府,有啥说啥。

司马靖之到她身边服侍时,阿姣待她与其他女侍无异,甚至看在羊献容的分上,待她比其他人还好几分,比如一起出门时,其他侍女都是步行,在得知靖之会骑马后,阿姣特意吩咐人给她牵了匹马代步,平日里得了什么玩具吃食,阿姣也不吝啬,都会与靖之分享。

只是阿姣有一点不好,那就是看不起汉人,尤其看不起在南方的汉人,认为他们胆小如鼠,只配在南地生存,既无男儿血性,又担不起国家大义,丢尽了脸面。每每言谈间说到南人,阿姣都是毫不掩饰自己的轻蔑、鄙夷,有几次甚至破口大骂,侍女们都陪着阿姣怒骂,只有靖之,紧咬着唇,不愿发出一言。

她想阿姣说得不对,汉人里也有林大叔那样的好汉,敢带领族人与他们匈奴人作战，也有徐夫子那样的好人，但她不能说，她只能难堪地站在一边，等着阿姣骂完了再换一个话题。

而更让靖之觉得难堪的，却是关于母亲的流言。

四

　　阿姣真的很认真地履行了对羊献容的诺言,几乎时时刻刻都将司马靖之带在身边,不管是出府还是去奴隶营,或者去两位侧妃的寝宫,甚至是给刘曜请安,她都带着靖之一起。

　　如此一来,靖之便接触了很多人,好几次在阿姣去见刘曜时,靖之还与张海聊了很久,从他那儿得知,匈奴兵一路南下,虽然最终没能打过长江去,却也沿路掳回不少晋人当奴隶,现在奴隶营里人满为患,有一些人被送到王府和其他贵族家里去做事,日后靖之在府里就不会觉得那么孤单了。

　　司马靖之没有多说什么,王府里晋人奴隶增多,她也有所察觉,一开始还很高兴,禀告了阿姣,兴高采烈地去与同胞们相聚,却意外地听到了他们的闲话,不,也不能说是闲话,他们说的时候咬牙切齿,充满仇恨和轻蔑,就如阿姣骂南人时一样。

　　他们说洛阳城破中山王立了首功,冲入皇宫里烧杀劫掠,竟然连前朝皇后都掳进了后宫中,简直比强盗还要可怕;他们说母亲恬不知耻,洛阳城破时不与晋室共存亡,竟攀附匈奴中山王,委身于他,简直丢尽了皇家的脸;他们还说母亲就是卖国贼,卖了晋朝的百姓,谋求自己如今的荣华富贵,如今这么多晋人被掳,就是母亲在背后为中山王出谋划策,让中山王在赵王面前立了无数功劳……

　　靖之默默听着,心想母亲还让她认贼作父,还让她做双面间谍收集情报呢。

　　她藏在下人房的灌木丛后面,听着那些人压低了声音一遍一遍地骂,将母亲之前说过的话找出来,一遍又一遍地回味。她知道母亲是对自己说了谎,母亲骗了她,中山王刘曜带兵攻入了洛阳,他的手下杀了阿惠,还一路追杀他们的百姓,她自己也差点儿就死在了南逃的路上。

　　靖之泪流满面,却没有告诉任何人。

　　阿姣派人来找她同去练习骑射时,司马靖之飞快地擦干眼泪,从灌木丛后

第六章 化敌为友

跑出来，装作若无其事地跟着阿姣去了校场。

作为马背上的民族，即便是仿着汉人的规制建立了赵国和朝廷，匈奴人依然保持了他们游牧民族的特色——每年三次的骑射并祭祀大典，是匈奴人展示自己骑射功力和武力的最好时机。

"张海就是在骑射比赛中力压群雄，打败所有人，成为匈奴勇士，被父王看中的。"阿姣说道，又摇头可惜，"若他是匈奴人就更好了。"

司马靖之照旧默默不回话，阿姣却又兴致很高地笑了，昂首道："不过没关系，今年的骑射勇士冠军，本郡主定要拿到手，让所有人都看看，匈奴女子都比汉人男子强！所以，靖之，从今天开始，你就陪我一起练习吧。"

看着不远处马倌牵过来的两匹高头大马，靖之除了点头，也说不出别的。

匈奴人的孩子从小就是在马背上长大的，简单的骑马奔驰对他们而言从来都不是难题，阿姣的目标既然是冠军，那她练习的就是更有难度的障碍跑和马上射箭。靖之作为郡主的贴身侍女，几乎是郡主练习什么，她就跟着练习什么。她骑术底子本就薄，以前晋室围猎她骑的还是小马，如今换成了高头大马，自是越发陌生了，还要在马上射箭，靖之虽习过武术，到底是以防身护卫为主，射箭只粗粗地练习过几次，如今一上来就是这种难度，顿时有些吃不消了。不但射箭的准头奇差无比，就是骑马也多次摔落马背，好在她记得以前卫阙教过她如何保护自己，几天下来，她除了身上摔得青一块紫一块，一双胳膊因为射箭抬不起来外，倒也没有其他的伤。

这天，靖之陪阿姣练完骑射，拖着青紫酸疼的身子回到自己的小屋，推开门却看见羊献容正等自己。

"母亲，你……你怎么来了？"靖之有些不敢置信，更多的是突然见到母亲的欣喜。

羊献容长发挽了个似坠未坠的发髻，将她的婉约柔美、高贵清丽尽显无疑。与往日不同，她今日穿了一席高腰长襦裙，但仍遮不住她腰腹间的隆起。靖之知道，母亲怀孕了，她即将迎来一个有着其他血统的弟弟或妹妹。

羊献容上前挽住她的手，上下打量了她几个来回，手指在她脸上的青紫处

　　来回摩挲，眼眶渐渐地红了："听说你在学骑射，母亲心里不安，求了王爷来看看你。怎么弄得这么一身伤？"一边说着，也不顾靖之的挣扎，叫了贴身的侍女过来，将靖之的外衣除了，便见得她小小的身子上，四处都是青青紫紫，上臂处更是略有浮肿，羊献容的泪水再也忍不住落了下来。

　　"怎么会有这么多伤？如何不向郡主禀明，让她免了你骑射？"羊献容取过侍女手中的药瓶，亲自给靖之上药，嘴里忍不住问道。

　　司马靖之觉得好笑：自己是什么身份，凭什么让郡主免去她骑射？母亲如今说话，倒真有了几分这中山王府主子的架势了。

　　想到晋人奴隶们的怒骂，想到城中关于母亲的各种流言，靖之昂首望着母亲，想要问问她为何说谎骗自己，但目光触及她脸上的泪水，她隆起的肚子，还有她在侍女搀扶下，拖着沉重的身子也要为她上药的执着，靖之到嘴边的话又被她咽了回去。

　　问了又如何？母亲总归是有自己的理由的，她又无力改变，话问出口除了惹得母亲不悦失望，怕是也得不到回答。

　　靖之闭上眼，再睁开时脸上已经挂上了笑："母亲不用担忧，都是皮肉伤罢了，涂上药不用两天就好了。您知道我学过武术，身手还过得去，如今再学了这骑射功夫，可是又多了一项本事呢。下次再要逃亡，可不会这么狼狈不堪了，起码要先夺了马匹与弓箭，跑起来又快又安全呢。"

　　她这副没心没肺的样子到底还是逗乐了羊献容，上好药，拉着靖之说了好一会儿话，才在刘曜派来的人再三催促下离去。望着母亲沉重而略显蹒跚的步伐，司马靖之将叹息压在了心里。

　　所谓又学会了一项保命本事的话到底是宽慰母亲而已，司马靖之每日里从马背上摔下来，着实吃了不少苦头。到了后来，一张小脸上都是新伤叠旧伤的，几乎没法看了。不知是羊献容的叮嘱，还是阿姣自己良心发现，在又一天到校场时，便要免了司马靖之的骑射，却被靖之拒绝了。

　　"郡主都不怕苦累，奴婢又岂能偷懒？"靖之微笑，扬弓瞄准，箭矢飞出，身下的马儿因这一下用力，往前一步斜跨，本来端坐马背上的她顿时晃动,马儿受惊,扬首嘶鸣,只听得"砰"的一声,靖之被马儿摔落在地。

不可谓不惨,不可谓不痛,但她却只是龇牙咧嘴地在地上躺了片刻,又一起身,三两步蹿上了马背,笑道:"再来!"

一脸感同身受般痛苦的阿姣,看着她如此这般生龙活虎,顿时也笑了,豪气地道:"好,再来!今年必定夺下桂冠!"

两人疼得脸都变形了,却仍是互相鼓励,不肯认输,偶尔对视的眼眸中,却都看到了对彼此的欣赏和认同。再一次摔下来时,靖之伸手拉起阿姣,两人再次翻身上马。这一刻的二人,不是主仆,倒像是一对惺惺相惜的患难姐妹。

校场边的侍女们纷纷呐喊助威,惹得侍卫们也转头看了过来。张海坐在马上,看着远处那小小的人影摔下又爬起,爬起又摔倒,不由得也咧了咧嘴,"嘶"了一声。

真没看出来,这小丫头倒是颇能忍啊。

五

翌日再次来到校场，靖之便看到了等在校场入口处的张海。看他一副就是在等自己的模样，靖之有些不解。

张海摇头笑道："长在晋朝皇室的金枝玉叶，却偏要与草原上的格桑花争个高下，还是比骑射，让我说你什么好呢？"

靖之却抿唇一笑："那又如何？只要我有心去学，总能学会的。"

是啊，世上无难事，只怕有心人。只要有心去学，又有什么学不会的呢？张海心里认同，脸上却做出一副无奈的表情："我怕你这么摔下去，等不到祭祀大典，就下不来床了。身为你的好朋友，定是不能看着你这样受罪下去的。趁着郡主还没来，我先教教你骑射功夫吧。"

司马靖之顿时眼睛一亮，欢呼一声："太好了！"有了匈奴的第一勇士来教自己，她还怕什么？

自这日起，张海便在当差之余，偷偷地教起靖之骑射功夫。司马靖之的骑术是经过卫阙指点的，本就骑得不错，只是射箭却不成，张海便着重教她箭术。

一个教得好，一个学得认真，短短十数日工夫，司马靖之的骑射本领进步不少，连阿姣见了都忍不住夸赞，主仆二人便练得更起劲儿了。

跟张海学习箭术时，靖之忍不住向他打听起晋国的情况。张海深知她的底细，也知如今羊妃娘娘身怀六甲，怕是不能再回晋朝去了，就没有隐瞒，将自己知道的情况说与她听。

原来当日中山王刘曜率兵围困洛阳，晋朝皇帝司马炽在洛阳守军的护卫下仓皇南逃，赵王刘聪率人追击，在未入关之前就被堵住去路，司马炽几乎未做抵抗便被俘虏，如今就关在左国城中，与他关在一起的还有司马氏的其他族人，靖之的几个堂兄弟姐妹都在其中。而她的另一位堂叔司马睿先前镇守长江南面的建康，在当地士族门阀的支持下，暂时稳定了局势，并收容陆续南逃的晋人。

第六章 化敌为友

"司马睿如今只怕是并无权力，朝政如何全由士族说了算，他们不过是为了保全家族利益，困守建康，苟全性命罢了。"最后张海道。

司马靖之没有说话，她微微抬头望着远方，静静地听着，似乎在思考，又似乎只是在发呆，整个人安静得过分。

张海便不再说话，默默地陪着她。他知道，这个原本单纯天真的小公主，经历过国破家亡，经历过生离死别，如今已不再是他初见时的那个公主了。

她经历了苦难，学会了坚强，经历了母亲的背叛，学会了掩藏自己。如今的她，穿着侍女的服饰，双手粗糙有茧，脸上的伤痕还未消退，头发上还夹杂着草茎，但就这般看着远方，安宁静谧的样子，竟比他见过的任何一个公主都要来得高贵、有气势。

专心练习骑射的日子过得很快，一转眼便离比赛只有三天了。阿姣一心夺冠，几乎整日都在校场练习，不到月上柳梢不肯回府。这般几日下来，阿姣便显出几分困顿疲倦来，马奴牵马过来时，看到她竟靠着靖之打起盹来，顿时心疼得不行，劝道："郡主这般苦练虽是技艺娴熟，却也太过，万不要伤了身子才好。今天日已西斜，奴看郡主就不用再练了，早些回府吧。奴听说今日集市里有杂耍把戏，郡主不如去看看，也好放松一下。"

阿姣确实是累了，听得他如此说，也欣然应允，让其他侍女先回府，自己则带着靖之和几个护卫往集市里去。

左国城的集市东西走向，中间以一堵高墙隔开，高墙这边为汉人集市，另一边则为匈奴集市，两市互通，却须缴纳不同比例的税款方可通行，故而大部分人宁愿绕远路，从城外僻静之路穿行，也不愿缴纳税款。

阿姣一行人自是不在乎税款的，只是她本是为散心而来，倒也不在乎绕行。逛完汉人集市，便转出城去，准备穿过僻路到匈奴集市去看杂耍，却不想刚绕进僻路，前方却闪出一帮蒙面黑衣人拦住了去路，二话不说便向他们攻击而来。

护卫们持剑上前抵抗，本以为只是一般拦路打劫的小贼，却不料这帮蒙面

人竟然身手了得,不过三五个照面,就打倒了护卫,上前将阿姣与靖之绑了手脚,又用布条蒙上眼睛,才将她们带走。

初时靖之还能听到阿姣的呵斥与怒骂,后来便只听到"呜呜"的声音,想来是被人堵住了嘴。她见这些人只是将她们绑缚带走,并没有就地杀害,心知这些人必是有所求,多半是为了绑架阿姣来与中山王府做交易。

她有过被匪徒绑架的经验,知道若自己大吵大闹,惹怒了这些人,也不会有什么好果子吃,便不吵不闹,安安静静地随着他们而去。

也不知道走了多久,蒙眼的布条被解开时,靖之发现自己身处在一个密室之中,狭小逼仄,密不透风,唯一的门口有人把守,想要逃跑是不可能的了。

她正在打量守门的人,却见一个高大瘦长的人影弯腰进来,张口就对自己说:"真没想到,昔日马场中遇见的小官人竟然是靖之公主,末将是有眼不识泰山了。"

司马靖之定睛看去,一愣之后失声惊呼:"卫阙?怎么会是你?"

卫阙任她打量,哂然一笑:"怎么不能是我?不只是我,公主好好看看,这些与我一起的,都是些什么人?"

守卫在门口的人便都摘下了蒙面的黑巾,冲着靖之行了一礼,标准的,晋朝武人对皇族的礼,过去在皇宫里生活时,靖之见过无数次的礼。

"你们,都是奴隶营里的晋人?"靖之不敢相信,下意识压低了声音急道,"既然从奴隶营里逃了出来,怎么还留在左国城不离开?中山王对待逃奴手段狠辣,要是被他抓回去,只怕你们都要活不成了!"

卫阙却突然单膝跪地,行了一个大礼,道:"公主,不是我们不想走,只是如今陛下身在这左国城的俘虏营中,为人臣子若不能营救陛下,又有何颜面苟活于世?"其他晋人纷纷跪下,是认同了他的话。

司马靖之微微一愣,随即恍然:"那你们抓阿姣郡主是……"

卫阙点头:"陛下被赵王囚禁,我等多方打探,都无法探出他被关于何处。闻得中山王刘曜有一女,视若掌上明珠,我等才不得已行此下策,绑架了阿姣郡主,盼能以此要挟那刘曜,帮我等救出陛下。只是如今见到公主,有公

主在中山王府中传讯，这阿姣倒是没有多大用处了。"

毕竟谁都知道，中山王刘曜可不是个好拿捏的。

靖之不语。卫阙的意思再明白不过了，是要她潜伏在中山王府中为他们传递消息，直到救出皇帝叔叔。皇帝叔叔对她与母亲不算好，自母亲回宫之后就处处算计她们，但若真让皇帝叔叔死在左国城，死在匈奴人手里，她也不愿意。只是……

"你方才说阿姣没用了，你打算如何处置她？"

卫阙轻轻一笑，用手比了个割喉的手势："匈奴人怎么对待我们，我就怎么对待匈奴人。"

靖之一口气噎在胸口，半天才喘匀。张海说她只是冠了司马氏的姓氏，并没对曹魏作恶，那阿姣也只是因为父亲是刘曜罢了，她虽然刁蛮任性，也曾经对她恶言恶语，但没有真正做下什么恶事，她怎么能眼看着阿姣殒命？

靖之想了想，抬头直视卫阙的眼睛，道："我可以为你们传递信息，只是阿姣郡主于我有恩，卫将军，你们莫要为难郡主。"

见她答应，卫阙大喜过望，重重点头："公主放心，我等只是想救出皇帝陛下，绝不伤害阿姣性命！"

"好，那便如此，王府中有何信息我自会传递与你，如今却要想个法子，引他们来救郡主才好。"

"公主放心，我等已有计策，公主只需依计行事便可。"卫阙一脸喜色，凑近靖之耳边如此这般地说了一番。

左国城的傍晚，斜挂在天边的夕阳洒落满地金辉，入目所及的建筑都宛如披上了一层金色的纱，穿着胡服和汉服的百姓穿行于街道，各家店铺里传出的吆喝声与远处袅袅而起的炊烟，都显示出一种独属于人间的烟火气息，美好安详。

一阵急促的脚步声打乱了这美好，一整队衣襟上绣着中山王府标志的侍卫，在领头的少女带领下，快步穿过街市，往连通市集的僻路上冲去。这队人武器森然，步伐匆匆，全身散发出煞气，吓得路人纷纷闪避，忍不住猜测中山王府到底出了什么事。

"是这里？"见司马靖之开始脚步迟疑，张海抬手止住队伍，上前问道。

这里是司马靖之与阿姣被袭击的地方，虽然被清理过，但仔细查看，仍能从路边的土壤草叶上找到零星的血点。

血点早已凝固，与指甲盖差不多大小，附着在草叶上，提醒着她之前这里发生过什么。

靖之避开张海的目光，点头道："对，郡主与我就是在这里被袭击的，这里还有血迹。"见张海蹲下身去查看，靖之深吸一口气，继续说道，"那些人穿着黑衣，蒙着面，一出现就动手，杀了护卫们，却将我与郡主绑了起来，郡主挣扎怒骂，那些人就把郡主打昏了，我……我害怕，就跟着他们走了……"

说到后来，她声音渐小，头也低了下去，似乎是为自己的贪生怕死觉得羞愧。

张海起身拍了拍她的肩膀，轻声道："那些亡命之徒凶残暴虐，绑架郡主必是早有预谋，你若反抗不过是白白送了性命，不用自责。也幸好你没有反抗，跟着他们去了，趁着守卫松懈逃回府中搬了救兵，要不然郡主失踪，王爷生气发怒，只怕整个左国城都要遭殃。"

尤其是最有动机绑架郡主的晋人奴隶们，首先就要承受王爷的怒气，到时候还不知是怎么一番光景呢。

司马靖之肩膀微微发抖，似乎是在后怕，片刻后却又抬起头来，红着一双眼道："我当时太害怕了，只顾着逃跑，都没有记住路线，回过神来时已经在这里了，我不敢耽误，马上回府里报信，郡主……郡主……"她似乎又要哭，却极力忍住。

因为来回奔跑，她发髻早已散乱，混着汗水贴在脸上，裤脚散开，沾满了尘土，鞋子也跑丢了一只，白袜都已变黑了，可见当时有多心焦，跑得有多急。

张海再次拍了拍她的肩膀，安慰她，道："歹人一定就在这附近，我即刻带人搜寻，肯定能找到郡主的。靖之你不要太过于担心了。"

司马靖之与他对视了片刻，才点点头，退到路边，看着张海分派人手搜查，从一开始的四面出击，散乱无章，到后来找到线索后布置人手，张海亲自带着人冲进了司马靖之逃出来的密室，很快，就有三五个黑衣蒙面人且战且逃地冲了出来，一到开阔地方，黑衣人便四散逃跑，其中一个正好向着靖之的方向冲来，手里的长剑闪着寒光，在目光与靖之对上之时，长剑猛地刺出。

是卫阙！

靖之下意识错身躲闪，只着了袜子的脚心却踩到了石子儿，传来一阵刺痛，她身子略一僵硬，卫阙的长剑便擦着她的脖颈而过，划到她肩膀上的皮肉，挑起一蓬血。靖之痛叫一声，往后倒在地上。

"靖之！"张海的惊叫声才落下，人便已经到了她身前，黑衣人收回剑仓皇而逃，跑出两丈后却回头望过来，见司马靖之半靠在张海怀里，也看着他，才猛地回头，加速奔逃。

"靖之，你没事吧？"肩膀上的血溅到了靖之脸上，看着甚是恐怖，张海有些被吓到了。

有些疼，但没有伤到要害，应该没事。卫阙不会杀她，但让她受点儿伤，会让这场戏显得更逼真。

靖之感受了一下，才道："没伤到筋骨，问题不大，郡主呢？郡主可无事？"

　　张海刚要回答，就听得身后阿姣惊叫道："靖之，你受伤了？怎么样，要不要紧？你流了好多血！"随后她略有些苍白的脸便出现在司马靖之的视线里。虽然发丝散乱，形容狼狈，但中气十足，完整无缺，卫阙确实遵守承诺，并没有伤害阿姣。

　　靖之放心了，微笑着说："郡主没事就好，没事就好。"

　　此时张海正往她肩膀的伤口上撒金疮药，剧烈的疼痛让她龇牙咧嘴，脸上的笑顿时就扭曲起来，仿佛一个丑到极致的鬼脸。

　　阿姣"噗"一声笑了，方才的忧心与慌乱减轻了不少，上前握住了靖之的手，道："多谢你了，靖之，你现在是我的救命恩人了呢。"

　　肩膀处的伤口疼得靖之一身冷汗，话都说不出，只好摇了摇头，表示这并没有什么，都是她应该做的。

　　张海的属下已经将这片区域和密窜都搜查了个遍，除了逃跑的黑衣蒙面人，也留下了几个，但被围困之后都极力拼杀，最终死在侍卫手中，竟是没有一个活口。

　　听着侍卫的禀报，阿姣的脸又白了白。张海知道她受了惊吓，见实在找不出其他线索，只能先将阿姣和靖之送回王府。

　　王府众人早已得知消息，等在了府门口。中山王刘曜站在最前面，看到毫发无伤的阿姣，他阴沉的脸色和缓了不少。

　　被中山王和整个王府捧在手掌心的阿姣，何曾受过这样的委屈和惊吓？看到父亲，顿时红了眼眶，扑进他怀里大哭起来，惹得几个侧妃和兄弟都围上去安慰，才让刘曜解脱出来，听张海汇报营救过程。

　　"黑衣蒙面人逃走了几个，余下的没有活口，看着是晋人，但无法确定身份。万幸郡主未受伤。"张海迟疑了一下，还是说道，"多亏司马姑娘出逃报信，属下等才能及时准确地找回郡主，只是歹徒逃走之际，伤了司马姑娘……"

　　他话未说完，就听得阿姣高声喊道："靖之，快来人，将靖之抬到我宫里，请御医过来为靖之看伤。父王，要不是靖之，您就看不到我了，您一定要让人好好医治靖之！"后面这话却是向着刘曜说的，带着委屈与后怕，听得刘曜一颗老心立时变成了绕指柔般，连声吩咐人去请御医，又让人赶紧将靖之抬进阿姣的宫里去。

不等司马靖之反应，一群侍女仆从呼啦啦上前，簇拥着她就跟在阿姣身后去了，留下门口一群人，和来不及仔细看看自己女儿的羊献容。

不过她不担心，看阿姣如此关心靖之的伤，以后在这中山王府里，怕是再也没有人敢欺负靖之了。女儿这一次干得真是太好了！

受伤的司马靖之得到了全王府人的关注，不但侧妃、王子们送来了药材补品，就连王府的主人、中山王刘曜也差人过来给了她不少的赏赐，还特意交代大管家，以后靖之的衣食住行比照阿姣的规格来，半点儿不可轻慢。

看来刘曜虽然不能在明面上恢复她晋朝公主的身份，却借机给予了她不低于郡主的待遇。

阿姣对她更是上心，不但让她搬到自己的宫殿居住，把自己的侍女拨给她用，每天还特意抽出时间来看她，陪她说话。若不是还要练习骑射，准备比武，只怕一整天都不肯出门，都得赖在她的床边了。

"被那些人绑架的时候，我听到他们说要威胁父王，如果父王不听他们的，就割了我的耳朵，再不听就砍了我的手，我好害怕，想着他们要真的这么做，我就不活了。幸好有靖之你拼死逃出去报信。"想到当时听到的话，阿姣还是吓得不行。十四五岁的女孩，正是最美丽也最注意外表的年纪，突然被人威胁割耳砍手，想想都觉得还不如死了算了。

幸好有靖之。

她握着靖之的手，一贯刁蛮骄傲的脸上有后怕，也有真诚的感激："靖之你还是我的救命恩人呢。昨天给父王请安时遇见了羊妃娘娘，感谢她将你送到我身边。我有很多哥哥弟弟，却没有姐妹，以后靖之你就是我的妹妹了，我向父王和羊妃保证过，以后都会待你很好很好的。"她说着重重点头，似乎只有这样才能表达她心里的情感。

　　靖之觉得脸上的笑容有些僵硬,快要笑不下去了。放她回府找张海去救阿姣,原本就是卫阙的计谋,她原以为救了阿姣并不会让她的处境有多大改变,顶多方便她在府中行走打探消息而已,但如今阿姣这样真心待她,顿时让她后悔答应卫阙做内应的事了。

　　她很想救出皇帝叔叔,但要她出卖一个真心待她的人,她的内心充满了罪恶感。

　　经历一场绑架,阿姣也长大不少,看她神色恹恹,知她不想说话,嘱咐侍女好好照顾,又说羊献容晚点儿会过来看靖之,让她好好休息,这才起身离开。

　　司马靖之靠坐在床上,看着阿姣的背影,眼神里是她自己都没发现的挣扎。

第七章 委以重任

沉浸在自己思绪中的司马靖之，直到羊献容到来，才勉强打起精神安慰母亲。

此时羊献容的肚子已经很大了，浑身散发着温柔的光，看着靖之的眼神里是满满的欣慰，却也夹杂着担忧。

"以后这样危险的事还是不要做了，回府报信就好了，做什么还跟着回现场？那些亡命之徒可都是不要命的，你要出了什么事，岂不是又要留下我一人在府中？"羊献容说着说着，眼泪又要落下来。

靖之赶紧坐起身，扶着她安慰："无事，无事，只是皮肉伤，将养这几天已经好了，只是郡主不放心，非得让我歇着。"

而她心里搁着事，越想越难受，却不知该向何人诉说。想起母亲之前对她说的谎言，到了嘴边的话又咽了回去。

如果阿惠还在就好了。靖之埋下头。

羊献容自然看出了她的欲言又止，她示意侍女们出去，待屋内只有母女二人，才将靖之搂进怀里，笑道："我们靖之在烦恼什么？这次受伤得到了阿姣的真心，连王爷都对你赞誉有加，咱们母女就算真正在这王府里立足了。以后有机会了，你再在阿姣跟前挑拨挑拨她与其他侧妃的关系，让她彻底站在咱们这边，咱们就再也不用担心了。"

有阿姣为她们二人撑腰，以后她们在这府里，就算是真正安全了。

将头埋进母亲怀里，感受着独属于母亲的温暖馨香，司马靖之只觉得心里说不出的难受。母亲当初让她到郡主身边，就是为了让她刺探消息，打压侧妃，如今卫阙也让她刺探消息。他们都有自己的想法，却没有人顾及她的想法。

她爱母亲，在乎母亲，哪怕母亲对她说谎，她也不愿意违背她的意愿，即便母亲的吩咐让她难以接受，她也忍了。她也在乎皇帝叔叔，卫阙求她为晋朝着想，她也就答应了。

可是,她还在乎道义,在乎徐夫子说的君子之德行,在乎言行一致,更在乎他人对她的真心。

她不愿意在阿姣身边做双面间谍,为母亲收集府中后院的信息;也不愿意因为给卫阙传递消息而伤害到阿姣。

她很矛盾,很难受,却无人诉说,无人理解。

母亲的手轻抚着她的后背,心情很好地为她轻哼着歌儿,婉转动听,又带着些佛语的韵律,让靖之想起在寺庙中的那段日子。那时候的她们虽然过得清贫,却宁静安稳,就连被母亲逼着学习佛经的痛苦,在现在看来都显得那么美好。

佛经?靖之顿了顿,心里升起的无力与害怕让她再也忍不住了,抱着母亲轻声道:"母亲,我想跟你学佛经。"

羊献容失笑:"你不是最不喜欢念经的吗?我还记得你在寺庙时,宁愿去扫院子也不愿意陪母亲念经。"

"因为害怕吧。我记得母亲讲过的佛经故事里,人要是做了坏事是会有报应的,说谎的人会被拔掉舌头,背叛了真心待自己的人下场更惨。母亲,我在阿姣跟前说了很多谎话,还背叛了她,我……我会得到报应的吧?我要念多少经书才行?"

靖之的声音很低,带着隐忍的哭音。她想她这么说,母亲应该能明白她的吧?她跟卫阙合谋骗了阿姣,还要无视阿姣的真心,打探王府的消息,她的良心在谴责她,徐夫子教过她的道理让她无法正视自己,甚至想到徐夫子,她就难过得想哭,她觉得她没有脸想到徐夫子。在这一刻,母亲和她曾经讲过的佛经故事,就如水上的浮木,是她唯一能寻求解脱的途径了。

但抱着她的羊献容却猛然僵住了,她推开怀里的女儿,不敢置信地看着她,窗外明亮的阳光落在她脸上,竟像是遇到了冰霜,透出一种冷冽的味道来。

"你说什么?"她问道,声音里带着冷意与压抑的怒火。

但司马靖之没有察觉,她陷在自责里,将自己的烦恼都说给母亲听:"我记着母亲的话,无论如何都要活下去。为了活下去,我都不敢去想皇帝叔叔

第七章 委以重任

和以前宫里的人有没有被抓住，明知道城里有俘虏营，我却从来没想过去打听；每天看着毁了洛阳的中山王，我要给他行礼，还要伺候他的女儿。府里的晋人奴隶背地里都骂我是卖国贼，认贼作父，可是阿姣和王爷是真心对我，我……"

"啪"的一声脆响打断了她的话，司马靖之整张脸被打得偏向一边，火辣辣地痛，耳朵里更是嗡嗡作响，好半天才勉强定住神，缓缓回头看向一脸冰寒失望的母亲。

"母亲……"她嗫嚅。

羊献容的身子在发抖，她极力抑制情绪，却依然红了眼眶，厉声道："你是长大了，胆子也大了，敢指责母亲了？在你眼里，母亲是背叛晋室、背叛你父皇的罪人，要日日念经赎罪？让你接近阿姣探听消息，确实是为了让我们娘俩活下去，有错吗？你是要让我在府中被人欺负至死而不寻求自保吗？靖之，我教你自保，教你活着，难道教错了吗？人最艰难的不是死，是活着！我活得这么辛苦，这么委曲求全，在你眼里竟然都是虚情假意、是背叛！靖之，你太让我失望了！"

说到最后，她的眼泪再也控制不住落了下来，扶着闻声进来的侍女的手离开了，再没有多看靖之一眼。

司马靖之愣怔地呆在原地，逐渐红肿的脸颊浮现出清晰的掌印，她张嘴想说她不是这个意思，母亲误会了，却发不出声音。母亲竟是半点儿不懂她，她每天都在愧疚不安中纠结，期盼能从母亲这里得到安慰，想要借助佛经得到解脱，母亲却觉得她是在指责自己。

她突然觉得，她也半点儿不懂母亲，她说了什么竟会让母亲如此勃然发怒？是说中了母亲心里最忌讳、隐藏最深的事了吗？母亲日日念经，以前是祈求晋朝国运昌隆，如今呢？是否是在为自己赎罪？母亲真的为了活下去，不在乎背叛和谎言吗？

司马靖之瘦小的身子再也无力支撑，缓缓软倒在地。透窗而入的阳光热烈温暖，照在她红肿的半边脸上，刺目而疼痛。

司马靖之肩上的伤到底只是皮肉伤，卫阙也没下重手，养了两三天，基本全好了，又开始跟着阿姣郡主四处跑动耍闹，人却有些变了，变得更加心事重重，也更加沉默寡言了。

张海过来看她，明明一个青春活泼的小姑娘，却总是一副死气沉沉老气横秋的样子，看得他火大，没忍住就凶她："天塌下来还有我挡在你上头呢，整天这副样子，问你又不肯说，存心让关心你的人着急是不？"

靖之被他骂得肩膀一缩，仰头看他，看到他身上还是外出时的衣服，嘴巴快过脑子，话就问出了口："你今天去哪儿了？是跟王爷一起去的吗？"

"我不跟着王爷一起出去还跟谁一起？你吗？"张海见她开口，有心逗她说话，便打趣道，"我倒是愿意带你一起出门逛逛，可惜郡主不乐意，她现在走哪儿都要带着你，我们靖之现在可是郡主跟前最最红的人呢。"

言者无心，听者有意，他这话跟一根针似的扎在靖之心里，生疼。她低下头装作不在意地问道："都去了哪儿？是不是见了很多人？能给我说说吗？郡主的脾气你知道，总是去骑马射箭，我有伤郡主不让我上马拉弓，都不知道玩什么好了。"

想到她这些日子被圈在屋子里养伤，张海倒真是有些同情她了，便与她一道坐在花园凉亭里，细细地将自己跟着中山王出门，都遇见了哪些人，有些什么趣事都说了。司马靖之静静地听着，水光莹润的杏眼眨也不眨地看着他，听到有趣的地方就笑，样子专注又认真。

远处月亮拱门前，一身水绿骑装、蹬着小马靴的阿姣抬头就看见凉亭里互相对视、时而微笑的两个人，眨了眨眼，问身后的侍女："靖之跟张海很要好吗？张海倒是经常来看她，还送了不少小玩意儿。"

侍女笑道："靖之当时就是被张将军押送回府的，说是走了一路，结下了友谊。他们二人都是汉人，张将军同情靖之的遭遇，便时常想着她些，对她确实要好些。"

"哦。"阿姣点头,若有所思地又看了那边的两个人一眼,才绕道从另一条路回了寝殿。

凉亭里的两个人浑然不觉,依然聊得开心。母亲虚伪而自私的行为让靖之很失望,她也很是迷茫了些日子,但在与张海聊天的过程中,她突然明白了一件事,那就是:她是晋人,是晋皇族司马氏,她与身为曹魏贵族之后、隐姓埋名投效刘曜的张海不一样,她可以不用认贼作父,哪怕现在人在中山王府,但她的心仍然向着晋室。

只要她按照卫阙说的去做,打探刘曜的行踪,传递给卫阙,让他们在适当的时机救出皇帝叔叔,然后她就可以与他们一并逃走,逃到江南,不用再违背自己的心意困于中山王府了。

至于母亲,她走了她应该会伤心吧,但不会伤心太久的,有了弟妹之后,母亲应该就不会记得她了,毕竟在王府中,母亲仍能过得很好。

想明白这一点后,她便开始频繁地接触张海了,用各种借口探问他关于刘曜的行踪,也会打探司马炽的情况。张海毕竟常在军中行走,该有的警觉性还是有的,捡了些无关紧要的事说了,其中中山王的行踪因为靖之问得巧妙,每每都是在提起司马炽之后,又装作无意或者看出他不好回答,特意转移话题才问,倒让张海不好意思不回答,便次次都将刘曜的行踪说给她听。

他们这样在花园里见面,被阿姣碰到过几次,终于在又一次看见他们并肩坐在花丛中说话时,阿姣一拍手,转身去给父亲请安了。

彼时中山王正在书房中处理公务,大腹便便的羊献容坐在一旁磨墨,在他看着手中的公文皱眉难以决断时,会凑上去轻语几句,总是能令刘曜展眉微笑,看着她的目光便多了几分怜爱的意味。

阿姣进门时正看到这一幕,便笑道:"父王与羊妃鹣鲽情深,真是羡煞鸳鸯。"

羊献容被她一个孩子打趣,顿时便脸上绯红,安静地坐到一旁,空出书桌边的位置给他们父女说话。

刘曜倒是不介意被女儿打趣,大笑着点了点她的额头,道:"调皮鬼,来

找父王何事?"

阿姣皱着小鼻子,模样显得娇俏而可爱,笑道:"来求父王一件事,父王可一定要答应我。"

她这副小女儿姿态是刘曜最爱看的,平日里只要她这般说话,哪怕是要天上的星星,刘曜都是要想了法子给她摘下来的。此时自然不会拒绝她,侧头看着羊献容笑道:"这丫头真是被宠坏了,天天就惦记着从本王这里讨东西。说吧,这回是看上了父王的汗血马了还是想要大王昨日刚赏下来的夜明珠?"

他话虽这样说,心里却是早已笃定阿姣要的是什么,一只手已经取过了身侧的精美雕花盒子。小姑娘嘛,到底还是更喜欢珠宝一些吧。

阿姣却摇头,嘟高唇,不满地道:"原来在父王心里,我就只会要东西啊。"

刘曜一愣,随即失笑,伸手抚了抚她的头发,慈爱地道:"阿姣是父王捧在手心里的宝贝,再多的好东西都只配给我的阿姣做装饰,就算阿姣不要啊,父王也要将这天下的好东西都捧到你跟前,让你开心。"又将手里的盒子递给她。

阿姣到底被他哄笑了,也不打开盒子看夜明珠,只往前凑了凑,依偎到他身侧,道:"那我今天就求父王一个恩典,父王可一定要答应。"

"好,你说,父王答应就是。"刘曜笑眯眯的。

"那父王你就给靖之和张海赐个婚吧!"阿姣也笑眯眯的,"靖之受伤了,张海天天往我院子里跑,给靖之送了好多玩意儿,还逗靖之开心。我看靖之也是喜欢张海的,虽然我不喜欢汉人,但张海对靖之是真好,父王就成全了他们吧。"

没料到她说的竟是这件事,刘曜又是一愣,随即轻斥道:"胡闹!靖之才多大,赐什么婚?还有你,年纪小小的就惦记着婚事,也不怕闹笑话!以后不许再说了!"

"父王!"这大概是刘曜第一次拒绝阿姣的请求,她又是意外又是难堪,起身跺脚,反驳道,"靖之不过比我小了一岁,马上就要及笄了,如何说不得

婚事？父王你说过会答应我的！"

刘曜仍是拒绝："任何事父王都能答应你，但这件事不行！"

阿姣没料到他会这么强硬，眼眶里闪烁着泪花，也知道说服不了他，一脚踢翻桌上装夜明珠的盒子，转身跑了出去。

刘曜显然也被气到了，在她踢盒子时拍案要起，最终却没动，只是气咻咻地看着女儿跑出去的背影。

羊献容安静地坐在角落里，直到阿姣的脚步声再也听不到了，她才缓慢而艰难地起身，捡起盒子，小心翼翼地放到原来的位置上，轻声劝慰道："郡主年纪还小，王爷慢慢给她说就是了，何必生气呢？再说，她也是为了靖之。我看张海将军人不错，又是王爷身边得用的，靖之日后若能嫁与他，也算得上是一桩良缘。"

刘曜看她一眼，道："靖之是你的女儿，张海的身份根本就配不上，本王定会为她挑一门好亲事的。"

羊献容温婉一笑，低头说道："什么身份不身份的，她如今就是这中山王府的侍女，是郡主的近侍女官，能配给张将军，都是王爷的恩典了。"

"说的什么傻话？靖之既是你的女儿，便是本王的女儿，本王定然不会将她随意许人的。爱妃放心吧。"

羊献容又是温婉地笑着应了"是"，眉间却似笼上了一层淡淡的雾，愁绪难解。刘曜多看了她几眼，还是忍不住说道："爱妃也知如今朝中的形势，自靳准的两个女儿入了后宫，渐得王兄恩宠，连带着靳准在朝中的势力也大增，肆意妄为，如今这朝中，我刘氏兄弟说话竟是不如靳准好使了。"说到后来，语气中都带上了激愤。

羊献容眉毛拢得更紧，露出一副担忧的模样，道："王爷与赵王并肩战斗，打下汉赵江山，那靳准不过谄媚之徒，竟能中伤王爷吗？"

刘曜摇头道："本王与王兄的情谊胜过同胞亲生，他倒是不敢排挤到本王头上来。只是汉人有句话说，人无远虑必有近忧，本王与王兄到底不是一母所出，若后宫中也有为本王说话之人，靳准老匹夫又算得了什么？不过不急，且

让靳准老贼再得意两年吧。"

　　羊献容半垂着眼睛听着，点了点头，没有再说话，继续为刘曜伺候笔墨，微微颤抖的手指却透露了她心底的担忧。

　　刘曜想要在后宫安插人手，她无论怎么想，都觉得只有靖之最合适。只要自己还在中山王府，刘曜就可以用自己来威胁靖之听话。之前刘曜隐瞒了靖之晋朝公主的身份，到时候一旦公开，赵王刘聪为了更好地收服晋朝百姓的心，恐怕会欢天喜地地将靖之纳入后宫。

　　难怪之前他不让她与靖之公开母女身份，原来是早就计划好了一切。

　　想到年纪幼小的女儿要被人算计着送入后宫，去给一个比她父亲年纪还要大的人做妃子，羊献容便觉得心如刀绞。她有些后悔自己小看了刘曜，没想到他竟是如此的老谋深算。但事已至此，在刘曜这里是无可挽回了，她需要想想别的法子，来挽救她的女儿。

　　一定要好好想想。

祭祀大典如期举行，汉赵王室和贵族们齐聚一堂，草原上搭起的营帐如同天上的繁星，一眼望不到头。前面两天都是萨满祈福、祭天地鬼神的典礼，第三天才是让人热血沸腾的骑射比赛，也是阿姣郡主发誓一定要摘得桂冠的比赛。

阿姣的营帐紧挨着中山王刘曜的营帐，布置得又开阔又舒适。司马靖之跟着阿姣进帐，看着里面来回收拾的侍女和帐中的摆设，脑子里却想到了她参加过的唯一一次围猎。

那时候她陪着母亲，阿惠也是这么忙碌地收拾，一切仿佛就在昨天。但现在，阿惠已不在人世，母亲也变了太多……

才想到母亲，靖之一转头就看到羊献容在侍女的搀扶下进了营帐。

"羊妃娘娘，你怎么过来了？有事找靖之吗？"阿姣有些疑惑。

羊献容却看着阿姣笑道："妾身是来找郡主的。"目光瞟也没瞟司马靖之一眼。

阿姣更疑惑了，还是请她坐下说话。羊献容这才看向靖之，道："我有些饿了，靖之去帮我取些糕点过来好吗？"

这是要支开她说话了。靖之心里了然，见阿姣点头，便转身出了营帐。

营帐外人喧马嘶，巡逻的侍卫、忙碌的侍女们川流不息，架起的火堆上烤着滋滋冒油的牛羊，不少贵族们都聚在火堆旁大声说笑，几个袒胸赤膀的匈奴勇士围在另一边摔跤。

靖之安静地穿行在人群中，到充作厨房的营帐外取了糕点，快步回去，目不斜视。到了阿姣的帐前，正遇到羊献容出来，她双手捧着糕点，不知该如何处理。

羊献容眼眶微红，看着她笑道："我这就要回去了，这糕点就留给郡主吃吧。"

靖之想问她为何哭，帐子里传来阿姣叫她的声音，她只好行了个礼，进去了。羊献容看着她小小的背影，叹了口气。

祭祀大典只有贵族能参加，靖之身为侍女，倒不会引人注意，但骑射比赛时，若阿姣带着她出现在赛场，以阿姣的本事和中山王府的势力，势必会引起赵王的注意，刘曜定会选择在那时候将靖之引荐给赵王。她能想到的唯一办法就是求阿姣不要让靖之轻易露面，不要引起赵王的注意。幸好阿姣性子单纯，她只是稍微说了一点儿刘曜对靖之的打算，阿姣就爽快答应了。

她知道这法子也只能拖一时，不能根本性地解决问题，但事到如今，能拖一时也是好的啊。

第二天祭祀大典，司马靖之自是不用参加，她伺候阿姣进了祭祀会场后，就在营地里游荡，看着那些同样不能参加祭祀的侍卫们找了场地互相切磋。

匈奴人确实悍勇，随意的切磋都打得血性激烈，惹来阵阵喝彩与掌声。比起晋朝的围猎，汉赵的骑射比赛更彪悍，更重武力，却也更野蛮。

看了半天，靖之觉得累了，转身要走时，耳朵里却听到有人的言语提及晋室，她下意识地停下脚步，朝着两个喝得半醉的将官走过去。

"你的消息准不准？骑射比赛当日，大王真的会将晋朝宗室的人带过来，任由我等羞辱？"年纪略轻的将官将酒囊半举着，不敢相信地看向年纪略长的那人。

年长者一把抢过他的酒囊，仰头喝了一半，才一抹嘴笑道："千夫长大人命我明天带人去押解晋朝宗室一干人等过来，你说消息准不准？明天你们可得好好表现，让那无胆的晋朝皇帝好好看看我们汉赵的威风！"

"那是一定的！"旁边几个人都大笑起来。

司马靖之却觉得脑子嗡嗡作响，好半天才挪动僵硬的身体往营地外走去。这几天她给卫阙传递了不少消息，但皇帝叔叔他们被关在天牢里，守卫森严，以卫阙现在的人手想要劫天牢是根本不可能的。但若是在骑射比赛当天展开营救，一来营地开阔，便于躲藏；二来这里人员混杂，卫阙他们要逃走也容易，倒是个天赐的良机。

主意打定，她先回营帐交代了一声，取了阿姣的腰牌，出营地去给卫阙送信。

因为匈奴人举行祭祀大典，卫阙率人隐藏在离营地不远的树林里，接到靖之的消息，便立刻开始安排人手，并与靖之商量好埋伏的地方与逃跑的路线。

"若事不成，我等被俘，公主切不要再营救，只需带着剩余人躲藏逃离即可，不要再增加伤亡了。"最后卫阙郑重交代。

司马靖之直觉不对，却又想不出哪里不对，只能点头答应。

待到骑射大赛开始的那天，天气晴好，风轻云淡，是最能展示骑射的好天气。

赵王刘聪的车驾到来时，现场的侍卫们爆发出震天的呼声，气势雄浑如虎狼，震得人心胆俱寒。

刘聪生得彪悍高壮，留了短短的胡须，修整得整齐干净。他与刘曜并不相似，目光精悍，环视全场时散发出惊人的气势，足以令人看出他是个比刘曜还要不好惹的人。

司马靖之跟在阿姣身后行礼，看到赵王车驾后的囚车上，站立的正是曾经晋朝的皇帝司马炽，后面的车上则蜷缩着几个妇人和孩子，是皇后和皇子公主们。此刻他们衣着还算齐整，只是脏污不堪，身体瑟瑟发抖，似乎是害怕到了极点。尤其是司马炽，唯唯诺诺地看着周围的人，有孩子朝他丢石头，他竟然不躲也不生气，还冲人点头谄笑，若不是囚车设定不能弯腰，恐怕他还要对着人鞠个躬。

赵王车驾停下，司马炽的马车也停下，刘聪坐上专为他而设、铺了白虎皮的王位上，笑眯眯地接受众人的朝拜，挥手示意免礼，便坐在王位上笑眯眯地任由他们围观囚车里的晋朝宗室。

"这就是晋朝的皇帝？如此窝囊！"

"怪不得晋人软弱，战场上遇到咱们就腿软，连皇帝都是如此。"

"哈哈哈，天神在上，老子竟然也有抽皇帝耳刮子的一天！"随着这声高呼，清脆的巴掌声传来，司马炽的脸被抽得歪向一边，嘴边溢出一缕血丝。

靖之忍不住抖了下身体，打人的匈奴汉子生得高壮，这一巴掌力道十足，看皇帝叔叔龇牙咧嘴的样子，定是疼得厉害，但他却很快又昂起头，冲着那汉

子谄媚地笑，将另一边脸转给他看。

这是想让对方再打另一边脸的意思吗？

越来越多的匈奴人过去打他们，用木头戳蜷缩着的皇后和司马殊他们，还有人往他们身上吐口水，司马炽却始终只是低着头，含着笑，躲避着要害，小心地看着王位上的刘聪，讨好着。

靖之牙齿咬紧下唇，淡淡的血腥气息盈满她的口腔。她想冲上去对匈奴人大吼，让他们滚开，又想揪着司马炽的衣领让他挺直腰杆，有点儿做皇帝的样子。她很愤怒，也很失望，又有着感同身受的同情，但她却什么都不能做，只能站在人群后面眼睁睁地看着。

很快，司马炽等人就狼狈不堪，尤其是司马炽，一张脸红肿得都要认不出来了。

王位上的刘聪这才抬高手臂，制止了众人，却又侧头看向左手边坐着的刘曜，笑道："王弟想来心善，优待俘虏，本王今日折辱这晋朝皇帝，王弟怕是要不喜了。"

刘曜笑着欠身道："王兄说哪里话？这晋朝皇帝毫无骨气，根本不需王兄折辱，已是废物一个，王兄肯折辱他，都是给了他天大的脸面了。"

下首的贵族们连声附和。刘聪仰头哈哈一笑："好，就如王弟所言，本王给晋朝皇帝这个脸面。司马炽，本王给你个活命的机会，只要你赌马赢了本王，本王就放你们南归，如何？"

他此话一出，司马靖之立刻抬头看过去，恨不得替司马炽点了这个头。然后司马炽却只是畏畏缩缩地半仰着头，问道："若……若我输了，又……又当如何？"

刘聪一笑，道："若你输了，那便将你与你的家眷，一并绑于马后拖死，如何？"

司马靖之绝望地闭上了眼睛。

果然就听见了司马炽的求饶："赵王，赵王，你骑术了得，我不是你的对手，你饶了我吧，饶了我吧。不要与我赌马了！"

第七章 委以重任

他这样的丑态，顿时逗乐了赵王刘聪，也逗乐了在场的贵族和围观的匈奴人，大家仰头大笑，嘲讽的声音此起彼伏。

"这晋国的皇帝天天坐龙床，居然连马都不会骑，哈哈，笑死人啦！"

"他没胆子赛马，倒是有脸求饶。皇帝都这么没用，难怪士兵都不堪一击。"

"当初他当皇帝时多么威风，还要咱们大王年年朝贡，现在瞧他这模样，真是解气！"

王座上的刘聪就在这笑声和嘲讽声中起身，走到司马炽跟前，道："本王最欣赏的，是打不服的勇士，即使输了，也是一条铁铮铮的汉子。你，晋朝皇帝，真够窝囊的，活着本王都觉得碍眼！"

他伸手取过侍从端上来的酒杯，递到司马炽眼前，问道："知道这是什么吗？从你的后宫里搜出来的，鸩酒，本王从未见过喝下鸩酒的人是什么样的，不如晋朝皇帝你喝下这杯酒，让本王看看？"

司马炽惊恐地瞪大了眼睛，拼命求饶，拼命躲闪，却仍然躲不开刘聪的逼迫。刘聪一手抓着他的头发，逼他抬起头，一手端着酒杯，缓慢地，将毒酒凑到他唇边，脸上却还带着笑："晋朝皇帝一定要给本王说说，这酒什么滋味啊。"

司马炽脸色惨白，直翻白眼，似乎下一刻就要晕厥过去，但那杯酒却半点儿都不动摇，抵在他唇上，只要微微一倾斜，就灌进他嘴里去了。

所有人都屏息看着酒杯，心弦跟着酒杯的移动一点点地跳动着，气氛紧绷到极点。司马靖之再也受不住心里的恐惧与难过，尖叫了一声。

所有人的目光下意识地往声音来源处看去，司马炽也看了过来，眼睛一亮，大叫道："靖之，靖之，是叔叔啊，是皇帝叔叔啊，你快救我，快救救我……"

他突兀的大喊引来了刘聪的目光，他的目光看过来，靖之周围的人自动让开，将她完全暴露在赵王刘聪的目光下。

"司马靖之？司马炽的侄女，晋惠帝司马衷的女儿？"他目光灼灼，唇角

勾起的笑容意味不明，"有趣，有趣！"

司马炽赶紧点头道："对对对，她就是我皇兄的独女，是晋朝的靖之公主。"又转头看向靖之，哀求，"靖之快救叔叔啊，快救叔叔！"

刘聪直起身，将手里的毒酒扔到地上，向靖之走去，一边走一边笑道："靖之公主？倒是个小美人儿……"他话未说完，围观的人群中突然有十几人暴起，持剑向他攻去。

靖之听到耳畔响起卫阙的声音："退后！"同时感觉到自己被人推了一把，她顺势往后退去，原本藏在她身后人群里的卫阙挺身上前，闪着寒光的长剑直取赵王刘聪的项上人头。

"刘聪，拿命来！"

靖之听到有人在大叫，周围人群被突如其来的刺杀惊吓到，纷纷躲避，又听到刘曜的大喊声："有刺客，保护大王！"

五

司马靖之在人群中被人推来搡去,几乎要摔倒。在现在这种情况下,她若摔倒,只会被人踩踏而死。

正当她将要被人推倒时,一双手从身后抓住了她,拖着她一路冲出人群,一直冲进了羊献容的营帐,才放开她。

司马靖之这才看清拉着她的人是谁,愣住了:"郡主,你……"

阿姣呼呼直喘气,挥手打断她,迎向缓步走过来的羊献容,道:"羊妃娘娘,大王看到靖之了,看样子还对靖之很感兴趣,怎么办?"

羊献容因身子重,并未参加今天的骑射大赛典礼,此时听阿姣这么说,也愣了愣,问道:"发生了何事?"

靖之上前要说,阿姣却抢在她前头,将发生的事情噼里啪啦给说了一通,最后道:"都怪那个晋朝皇帝,要不是他大喊,大王根本就看不到靖之,我把她藏得可好了。"

看她这样,靖之忍不住问道:"郡主,你……你不介意我是晋朝的公主吗?"

阿姣瞪她一眼,抬高下巴道:"在我们匈奴,母亲嫁给谁,孩子就跟着谁。羊妃现在是我父王的侧妃,你也是我父王的孩子,晋朝公主会比当本郡主的妹妹还好吗?"

她模样娇俏可爱,说是瞪人,目光里却没有半点儿凶狠之色,反而看得靖之心里暖融融的。

这个阿姣郡主,虽然看着刁蛮任性,但内心却很善良,她一直记得母亲的托付,她真的很照顾自己,在今天这样凶险的时候,还不忘答应了母亲将自己藏起来的事,这样好的阿姣郡主,幸好她将自己从混乱中救了出来。

弄清了事情的经过,羊献容只觉得一阵无力,晋朝公主对赵王刘聪来说意味着什么,她再清楚不过了。相比于司马炽的皇帝身份,显然靖之的公主身份对他笼络晋人更有帮助。若不是正好有刺客出现,此刻她只怕已经见不

到靖之了。

但靖之身份暴露，若刘聪开口，刘曜是肯定会马上送她入宫的，而自己却毫无能力阻止，如今她们母女唯一能依靠的，只有眼前的阿姣了。

她上前两步，不顾自己有孕在身，俯身跪了下去，吓得阿姣赶紧跪下去扶她。羊献容握住阿姣的手，恳切地道："郡主，之前王爷跟大家说的那些不是真的，靖之其实是我的女儿，为了我能平安留在府中，才不得不装作宗室女。如今她处境危险，只有郡主能救她了，求郡主送她出左国城吧，求郡主救她一命！"

她如此恳求，眼泪不知不觉滑落，扶着她的司马靖之也忍不住落下了泪，唤道："母亲……"

这是她第一次当着阿姣的面唤羊献容母亲，话语饱含了对母亲的情感与爱，狠狠地刺痛了自幼就失去母亲的阿姣，也让阿姣想起了与羊献容相处的日子。羊献容那般着力讨好她，只怕都是为了保住司马靖之，但那样温柔慈爱的羊献容，却是真的让她一次又一次以为自己有了母亲的疼爱，因为母亲早逝而空荡的心也曾经被填满过。若是她的母亲，为了她，也必是会如羊献容一般委曲求全的吧？

而且靖之于她是有救命之恩的。这些日子两人相处，一起骑马练箭，进出同行，她娇蛮任性不讲理，靖之也不与她计较，反而处处包容，倒好像两人是真的姐妹一般。如今要她眼睁睁看着靖之死或者被送进皇伯父那个能吃人的后宫去，她是如何都不忍心的。

她一咬牙，起身道："羊妃快起来，赶紧给靖之收拾一下，我这就去父王帐中拿令牌，马上回来送靖之走！"说完也不等羊献容回话，转身冲了出去。

外面搜查刺客的喊声脚步声纷乱嘈杂，却离羊献容的营帐颇远，一时倒也安全。

去偷刘曜令牌的阿姣却不顺利，刚冲进刘曜的营帐就被张海拦住了："王爷不在，郡主有何事？"

阿姣急得一跺脚，怒喝道："要你管！我来拿父王的令牌，你快让开！"

第七章 委以重任

张海一愣：令牌？此时营中有刺客，中山王正率人抓捕，此时郡主却来取令牌，莫不是……

他摇摇头，想到赵王刘聪看司马靖之的目光，心中已经确认几分，试探地道："是不是靖之……"

阿姣一脚将他踢翻，抢进内室翻找，还不忘丢下一句："知道就赶紧闪开！找到了！"她欢喜地看着手中黑沉的出城令牌，转身又冲了出去。

回到羊献容的营帐里，阿姣将令牌交给靖之，本想带着她直接从营地里走，靖之却担心卫阙等人的情况，不肯马上逃走。

羊献容便道："如今这营地里兵荒马乱的，进出也不方便。我身子重，受不得惊扰，不若郡主禀报了王爷，我们且先回中山王府去，若从王府出城，倒比这营地里方便得多。"至少查检得就没有这里严格。

阿姣也怕被父亲发现自己偷了令牌，当下点头，派人去向刘曜禀报，随后有一小队士兵过来，说是护送阿姣郡主和中山王侧妃回府。

靖之纵然心里放不下卫阙等人，却也不得不跟着羊献容和阿姣先回了中山王府。

在他们身后，远远地，有个人盯梢，一直跟到了中山王府附近，看着她们进了王府，盯梢的人才一闪，消失了身影。

夜晚，心里有事的靖之辗转无法入眠，起身想去院子里走走，却被突然闪进她房里的黑衣人吓了一跳，幸好黑衣人早有准备，捂住了她的嘴，飞快地说："靖之公主，属下是卫阙将军的人，过来给您送信。"

是卫阙的人。靖之放下心来，赶紧问道："卫阙怎么样了？"

那人目光中透出悲伤，低声道："卫阙将军被俘了，可惜没能杀了那个刘聪。"

这事靖之早料到了，当时看着卫阙迎着刘聪而去，她心里就隐隐有些怀疑了，此时不过是印证了她的想法："卫阙要救皇帝叔叔是假，行刺赵王才是他真正的目的吧？"难怪他当时会说出"若事不成"的话来。

那人低头，咬牙道："司马炽毫无血性与骨气，在匈奴人面前卑躬屈膝，

救他回去如何面对晋朝百姓？还不如杀了赵王，为我无数晋人报仇血恨！"他见靖之不说话，又道，"属下冒险潜进王府，是想告诉公主，卫阙将军在城中召集了很多被俘的晋人，大家暗中联合，只等一个好时机逃走，如今将军被俘，还请公主带领我等南逃。"原本他们没有逃跑的时机，但如今卫阙行刺赵王，中山王带人搜捕刺客，随后卫阙失手被俘，刘聪所有的注意力定会都集中在卫阙身上，此时由身为晋室公主的司马靖之带领这些暗中联合起来的晋人，用中山王的令牌出城逃跑，确实是再好不过的时机了。

原来这才是卫阙要她传递消息的真正目的，以他一人的牺牲，换取众多晋人的生机。卫阙，原来他竟是真的勇士！

"我……我如何能带领你们逃走？我……"突来的消息让靖之整个人都呆住，卫阙竟然敢让她承担如此重担？她还不满十四岁哩，哪有什么本事能承担如此重担？

那黑衣人似是知道她心中所想，眼眸发红地看了她半晌，才低头道："卫将军说，公主坚韧而倔强，曾经孤身南逃却能保住性命，如今在中山王府中亦能活得自在，是聪慧而善隐忍之人。如今我们留下的晋人少了卫将军，宛如一盘散沙，若要逃，必得有声望有大智慧的人带领，公主身为晋室王族，又有如是品格，只有公主站出来振臂高呼，才能让这些被匈奴人吓破胆子的晋人聚集到一处。若公主不愿，我等，便只有随卫将军去了！"

司马靖之张口结舌地呆愣住，直到那黑衣人离开，她仍不敢相信，自己竟会被卫阙委以如此重任！

她心中矛盾至极，她佩服卫阙，却不知道自己能不能担此重任。她知道自己必须走，若是独自一人，她马上出府出城，有阿姣和母亲为她掩护，万无一失，但要她扔下这么多同胞独自逃跑，让卫阙的牺牲白费，她却是无论如何也做不到的。

思来想去，靖之根本无法决断，她只觉得自己的人生一片茫然，竟不知该如何前行。

　　左国城紧张的搜捕戒严在刺客落网之后，松懈了不少。羊献容得到消息马上叫了靖之过来，将准备好的行李给她，又让人去叫阿姣来带她出城。

　　昨夜那黑衣人走了之后，司马靖之辗转一夜都没能拿定主意，到底该怎么办。她一时想就这么走了算了，想到马上就要被处决的卫阙，她又觉得自己简直无颜面对所有的晋人。但要她真的担起卫阙递过来的担子，她又感觉肩膀太过沉重，根本没有信心能带这些人逃出城。

　　此时面对母亲殷切的目光，她想将自己的为难说出来，却又不知道该怎么说，欲言又止，憋得眼泪在眼眶里打转。

　　羊献容是何等精明的人，女儿这般模样分明是心里有事，不愿意就这么出城。她想了想，挥退侍女们，拉着靖之进了内室，轻声问道："靖之，你是有心事吗？你心里放不下母亲，母亲知道，只是母亲如今在这中山王府中得王爷爱重，日子必能过得顺心。你此时南下，虽说有阿姣派人护送，但一路也要吃不少苦头，母亲心里才是真舍不得。"她说着声音哽咽，竟是心里的担忧再也无法掩藏了。

　　女儿上一次南逃吃了多少苦，但看她那一手熟练的撬锁技术就知道了。这次虽说有人护送，但要在中山王刘曜的眼皮子底下逃跑，却也不是那么容易的，由不得她不难受。

　　司马靖之看着母亲微红的眼眶，心里的事再也压抑不住，她扑进母亲怀里，抱着她低声喊道："母亲，我……我好为难，母亲你教教靖之，我到底该怎么办？"

　　羊献容微惊，忙揽她在怀，低声问道："你到底有什么事，说与母亲知道吧，母亲定会为你拿个主意的。"

　　靖之自小看着母亲协助父皇处理国事，如今母亲又辅助刘曜处理公务，心中自是知道母亲的能干的。当下便也不再犹豫，将所有的事情都说了出来。

　　"母亲还记得前年三月的围猎吗？我与其他弟弟妹妹们赛马输了，去皇帝

叔叔的营帐里偷蜜饯，后来被发现追杀，我后来发现，其实当时与皇帝叔叔密谋的人就是中山王刘曜。与阿惠逃跑时，匈奴人见到晋人就杀……后来刘曜让我为阿惠报仇，我胆怯了……"她断断续续，从围猎到与羊献容分开后，再到她被俘虏带到左国城，在刑场遇见卫阙，阿姣被绑架等事情都说了。

最后她说："卫阙怕是早就知道皇帝叔叔已不堪挽救，他的目的只是想救出被俘虏的晋人，如今这些人都已秘密集结，只待有人带着他们出城南逃，回到晋国。这带领之人本该是卫阙，但他为了创造出城的时机，如今已被抓捕，等到他被押赴刑场的那天，就是晋人出城的最好机会。但卫阙被俘，那些晋人便如散沙一般，随时会被匈奴人抓住杀死，若没有人站出来聚拢人心，那卫阙用生命换来的一线生机便白白浪费了。我，我身为晋国公主，卫阙将这重担压在我肩上，但我……但我……"她不敢承担这么大的责任，更不敢说出口，可她的惊恐的眼神却出卖了她真正的感情。

在她的诉说过程中，羊献容的眼眶几次湿润。她没料到，在她不知道的地方，竟然有晋人为了同胞做了这么多的事，而她的女儿也在她不知道的情况下，逐渐长大，长得足以承担如此大的责任了。

羊献容推开怀里的靖之，让她端端正正地坐在凳子上，才郑重其事地对她说道："靖之，你长大了，有了自己的心事，也有了自己该承担起的责任。母亲也不瞒你，中山王刘曜或许是个好人，但他的野心绝不小。母亲一直没有告诉你，当日他同意你不认他为义父，并为你隐瞒身份留在王府，其实是另有目的，他想将你送入赵王后宫，保你日后平安与富贵，却须为他传递赵王的消息。母亲不愿意你陷入后宫争斗中，才想让阿姣送你离开。如今卫阙将军竟委以你如此重任，倒是母亲料想不到的。只是该如何选择，却要靖之你自己做决定。"

一边是嫁给赵王的安稳与富贵，一边是晋朝公主的责任与可以想见的艰辛与危难。羊献容担忧又骄傲，她的靖之啊，苦难的磨炼竟让她成长得这样快。

"靖之，无论你怎么选择，母亲都是支持你的。母亲嫁给中山王是因为形势所迫，如今你的处境与母亲当初有几分相似，你若选择嫁给赵王，也无人可

说什么。若你要承担起晋朝公主的责任,打算带领同胞回到晋国,母亲亦只会为你骄傲。司马氏远房有一位你该称呼为堂叔的司马睿,当初他为了避开皇位争斗而南下经营,该是有几分势力了,你带着人去投奔他吧,有长江天险,料想那里还算太平。"见女儿仍是犹豫不决,羊献容也不催促,只为她分析着如今的形势。

司马靖之静静地听着母亲讲解,心里却半点儿也不平静。母亲嫁与刘曜,她内心本就是抗拒的,故而也不愿意称刘曜为父,自己自然不肯嫁给那赵王刘聪的。只是若真要她带人南逃,她又真的不敢,也不能。

那不是她一个人的性命,也不是一两个人的性命,而是数十上百个晋人的性命。当初林大叔手下还带着部曲,也没能将那几十人的队伍带到江南,还落得个自己身死、林生下落不明的下场。她没有部曲,战斗的经验不如林大叔,生存经验也不如林大叔,更没有林大叔的威望,带着这么多人南下,她真不敢想。

而且她走了,刘曜定会迁怒母亲,说不定还会怪罪到阿姣身上,这让她如何接受?

看着女儿的纠结,羊献容叹口气,再次将她揽进怀里,声音里却有着一股决然与坚定:"靖之,你真的长大了,母亲可以给你建议,却不能替你做决定。母亲不逼你,但母亲最多只能给你三天考虑的时间。三天之后,若你还无法决定,那就只能由母亲为你选了。"至于选哪条路,到时候就没有靖之再说话的余地了。

羊献容这话没说出口,但意思很明白,司马靖之犹豫不决的眼神也表明她看懂了。

三天,她还有三天时间考虑。但三天之后呢?她到底该怎么办?

自阿姣郡主在他眼皮子底下偷走了中山王的出城令牌，张海就天天都在关注着府里司马靖之的动向。

跟在王爷身边这两天，他也听到不少流言。似乎赵王看上了靖之，这个晋朝的公主，有意将她收入后宫，而王爷对此还没表态，但以他对王爷的了解，王爷怕是不会拒绝。

想到这些，张海心里便也多了几分烦躁。想到赵王下令屠杀晋人时的冷酷，张海恨不得靖之跑得远远的。前两天王爷带着人满城捉拿刺客，他不得闲，只派了心腹密切注意府里人的进出，却没得到任何关于郡主与贴身侍女出门的消息。如今抓到了此刻，他也抽出空来，瞒着王爷，悄悄回了趟王府。

王府后院一如往日的安宁，张海熟门熟路地在郡主寝宫前的花园里站住脚，照例站在高处望了一圈，果然在花圃边的草地上看到了他要找的人。

司马靖之已经想了一天一夜，还是下不定决心。阿姣知她这几天心烦，也明白她不好出门，便放她在府里，不让她跟着伺候了。靖之干脆每天就窝在草地里，将这花园里的花花草草数了个遍，还找出了几株能止血的三七。

看到这些草药，她又想到林生，想到林生，就又觉得南逃之路更加渺茫，毫无希望。但要她就此嫁给那个赵王，她也是万万不愿意的。如此反复地想，更是没有了头绪，手底下倒是扯烂了不少杂草。

张海站在她旁边良久，她都没发现自己，便叹口气，蹲下身道："别扯了，府里的草都要被你扯光了。"

靖之一惊抬头，见是他，扔掉手上的杂草，悻悻地问道："你怎么来了？"

张海道："那日郡主去拿王爷的出城令牌，说是要送你出城，我怕出什么意外，就派人在城门口接应，哪知道一直没等到你，心里担心得很。今天得了空，就偷偷过来看看你。我说靖之公主，你如今什么处境你不清楚，羊妃娘娘也该清楚啊，怎么还不出城呢？"

　　听他也是为了这事而来,靖之心里又是感动,又是烦恼,忍了忍,还是没忍住便将自己的烦恼与他说了,最后道:"母亲给我的三天期限就要到了,但我还是拿不定主意。张海,你说我是不是很没用?"

　　听到羊妃让靖之自己拿主意,张海便将自己心里想要替她拿主意的话给吞了回去,看她烦恼得一张清丽的小脸都皱成了一团,他又觉得有些不忍,想了想,才说道:"到底该如何决定,就像羊妃娘娘说的,得你自己拿主意,有什么后果,羊妃娘娘定也是清楚的,也一定会想好法子应对,你如今这般烦恼也是无用。我记得你以前给我讲过的佛经故事里,说佛祖看到饥饿的鸽子,心里不忍,为祛除自己内心的不安,他宁愿割了自己的肉喂鸽子也要让自己心情平静安和,可见只有心情平静了,人才能做出正确的决定。所以靖之,你还是放下烦恼再做决定吧。"

　　靖之却苦着一张脸看着他:"都说了是烦恼了,哪里是说放下就放下的?我要是有佛祖的决心和智慧,哪里还会在这里烦恼?我……"她突然眼睛一亮,起身拍手道,"对啊,佛祖能割肉喂鸽子解除自身的烦恼,我也可以啊。只要我不在了,也就不用烦恼是该嫁还是该承担责任了对不对?"

　　她这话说得突然,张海完全没抓到她话里的逻辑,呆愣地看着她,看她又拍手又点头,自顾自地做了决定,然后站在他跟前,郑重其事地说:"张海,你是我最好最好,仅次于林生的好友,我现在有件事要托付给你,你可一定要答应我!"

　　张海一直在军中生活,最是重兄弟情分,朋友义气,见她这么说,下意识地就道:"你说,我能做到的肯定答应你!"

　　司马靖之满意地点头,道:"你也知道我现在根本拿不定主意,怕辜负了卫阙的重托与信任。但你在军中生活,带兵打仗是你的拿手本领,若你能帮忙带着那些晋人南下建康,肯定比我强,一定能将他们带到江南的,卫阙也就不算白死了。你说这是不是个好主意?"

　　没料到她会想出这样的主意,张海瞠目结舌,半响才问道:"那……那你呢?"

第八章

靖之垂下眼睑，随后笑道："我就学一回佛祖吧，虽然没勇气割肉，但我会绝食抗婚，只要我死了，刘曜就不能逼我嫁给赵王了，而你又能趁机带着晋人南行，岂不是一举两得？"

没料到她会这么说，张海脸色顿时变得很难看，那双冷淡的眼定定地看着靖之，半晌后才道："我记得给你说过，我曾立誓要覆灭司马氏王朝。"

靖之被他的目光看得直发毛，下意识点头："但你也说过，如今司马氏王朝已算覆灭，你的仇已经报了。"

"这司马氏王朝，既可说是司马氏一族，也可说是这司马氏建立的晋朝天下。王朝虽灭，但司马氏却未死绝，晋朝百姓也仍在，你就不怕你死了之后，我将这些晋人送给王爷以表忠心，然后带兵直下江南，将司马氏屠杀殆尽？"

司马靖之惊惧地猛抬头看他："你、你不会的吧？你不会这么做的是吧？"她虽这么说，但话语里却逐渐开始不确信了。

张海却自顾自地点着头，说道："谁知道呢，在我心里，司马氏只有一个叫靖之的小姑娘是我的好朋友，我们俩背负着同样的国仇家恨，互相提醒对方不要让仇恨蒙蔽了眼睛，以至于制造太多的杀孽。若只剩了我一个，那司马氏的其他人又与我何干？不如杀了干净，省得我看着碍眼！"

他这话说得既无情又冷酷，似乎司马靖之真要绝食抗婚，他就会立马拔剑出门大杀四方一般。吓得司马靖之再不敢说那样的话了。

她苦思着还有什么法子能解决眼前的危机，张海却看出她仍未放弃那个愚蠢的提议，干脆转身要离开，却差点儿撞上正进花园来的羊献容。

"母亲！"羊献容没有带侍女，司马靖之赶紧过去扶她。

羊献容搭着她的手，眉间笼着轻愁，目光从她脸上转到气鼓鼓的张海脸上，又看回来，道："老远就听到你们争吵的声音了，幸好王爷不在府里，否则哪容你们这般没规矩？"

司马靖之看一眼张海，还想告状，张海却行了个礼，三两句就把司马靖之的打算给说了，还不忘数落她："娘娘您说说，她这是什么馊主意？"

靖之这是宁愿身死，也不愿意像自己一样为了活着嫁给赵王委曲求全了。

羊献容明白了女儿的选择，心里说不出是什么滋味，既像是松了口气，骄傲又满意，却又有着难以抑制的担忧。

她不赞同地看了靖之一眼，道："你忘了我的嘱咐了？无论发生何事，都得先活着，活着才能谋后事，命都没了，其他任何事也就休提了。"

司马靖之被她看得低下头，却仍忍不住嘀咕道："若不是张海信得过，我也不会这样想。"

这次轮到张海瞪她了："你还有理了？"自己为人可靠，值得信任，难道还错了吗？

他竭力想扮回曾经那个冷酷的自己，羊献容已经洞悉了他的用意，轻轻朝他摇了摇头，示意他不必再唱黑脸。

被母亲和张海轮番教训，靖之不敢提自尽这个愚蠢的主意。羊献容想了想，缓缓说道："不过靖之说的倒也是个主意，若她真的死了，王爷也就没法让她进宫了。只是咱们得换个不用真的绝食而死的法子，嗯，可能还需要一个人的帮忙。"

司马靖之与张海对视一眼，异口同声地问道："谁？"

羊献容温婉一笑："阿姣郡主。"

当天下午，从校场回来的阿姣郡主不知因为何事，在府中大发雷霆，给了自己的贴身侍女司马靖之一顿鞭子，不但抽得她皮开肉绽，浑身上下没有一块好肉，还失手将她的脸也抽烂了，原本一张清丽好看的小脸算是彻底毁了。

听说羊妃娘娘知道了之后，不顾自己沉重的肚子，跑着去了郡主的寝殿，哭着求了半天，郡主才勉强收了鞭子，说是给羊妃一个面子，今天就先放过司马靖之，日后要再犯错，定饶不了她！

司马靖之是被羊妃让人抬进自己寝宫的，随后又命人请了大夫，几乎将左国城里有名气的大夫都请了个遍。这么大阵仗，在宫里陪赵王商议如何处理刺客的中山王刘曜自然被惊动了。一个时辰后，刘曜快马回府，径直去了羊妃的寝宫，然后就看到了进气比出气还少的司马靖之，躺在床上，还没来得及清理掉一身血污。

刘曜几乎称得上是震惊了，怒喝道："这到底是怎么回事？到底为了何事？"

羊献容满脸泪水，凄楚地摇头，坐在床边握着靖之的手不说话，几个侍女更是吓得噤若寒蝉。半响，羊献容的近侍女官才颤巍巍地回道："郡主说，说是王爷送她的汗血宝马被靖之姑娘养坏了，存心让她不能在骑射比赛上出风头，还说……说靖之姑娘本是晋朝的公主，却瞒着府里的人只说是司马氏宗室，心里不知道打的什么鬼主意，指不定哪天还会害她和王爷，所以……所以就打了……"阿姣郡主说话自然不会这么客气，但她却不能原话照搬。

但她不说，阿姣自己却是毫无顾忌的。她话音刚落，就见阿姣气鼓鼓地跨进门来，一手叉腰，一手还握着鞭子，狠狠地看着床上的司马靖之，怒喝道："有什么不敢说的？就是本郡主命人打了她一顿，我自己还上去抽了十几鞭子。贱婢敢行刺王上，敢隐瞒身份混进府，怎么就不敢谋害本郡主和父王了？今日本郡主不动手，明日躺在床上被大夫看的就是本郡主了！"

她嗓音不低，喊得一屋子人都听得清清楚楚，床上的司马靖之自然是没有

动静，旁边的羊献容却哭得更厉害了，她不敢大声哭，只是压抑着声音，泪珠成串地扑落，缩着肩膀靠在床边一抽一抽的，又抓着刘曜的裤脚，低声求道："妾……妾身也是汉人，求王爷、求王爷……"求刘曜如何她没有说，但意思很明白了。

刘曜头疼地看着阿姣，抬手拍了拍羊献容的肩膀安慰她，才对阿姣喝道："看你骄纵成什么样子！若非侧妃去得及时，你今天是要打杀了靖之不成？"

"打杀了又如何？"阿姣嘟哝，到底不敢与父亲犟嘴，低下头。

刘曜有心重罚她，但看她这副明明害怕却硬做出的倔强骄傲样子，心里又舍不得，只得将她赶走："从今天起，你给我在自己屋里好好反省，没有本王的允许，不许你出屋半步！"

阿姣还要争辩，看刘曜黑沉的脸色，到底没胆气反对，跺了跺脚，转身出门了。

刘曜这才看向羊献容，温声安慰道："爱妃莫要太过担忧，本王即刻进宫去请御医，靖之定然无事的。"

羊献容知道他看过靖之的情况，马上就要回宫里去向刘聪汇报，便做出一副勉强的笑容道："多谢王爷。"

刘曜又到外屋，仔细问了一番司马靖之的伤势，大夫们照着之前羊献容的嘱咐说了，他又叮嘱大夫们好好为靖之诊治，这才出门进宫去了。

这一番安排，羊献容费了心，又有张海在府外先行交代过大夫们，竟真的瞒过了刘曜。待得稍晚些，张海照着羊献容的吩咐，躲过了府里的守卫，扛着一个麻袋偷偷地进了羊献容的寝宫。

羊献容的寝宫里弥漫着浓烈的药味，却空无一人，只有躺在床上的司马靖之和床边握着她的手，一刻都不肯放开的羊献容。

看到张海进来，羊献容即刻起身，就连在床上躺着的司马靖之，也一个翻身起来，快速地迎上张海，帮他将肩上的麻袋取下，又打开麻袋，那麻袋里竟装着一具少女的尸体！

张海伸手将那女尸搬到床上，低声道："这女的刚死了不到一天，身形与

第八章

靖之极其相似,属下按照侧妃娘娘的吩咐,已经用鞭子抽花了她的脸,请娘娘尽快为她更衣化妆,属下这就去联络晋民。宫里已定了明日午时处决卫阙,为防有人刑场劫囚,王爷调派了大半守卫在法场周围设伏,那时是晋人出城的最好机会。"

说着他看一眼望着自己的司马靖之,转身又悄无声息地离开了。他知道,他们还有很多事要做,留给靖之与羊妃话别的时间不多了。

"母亲。"司马靖之顶着一张被包扎得看不出容貌的脸,眨巴着眼看着羊献容。

羊献容摸了摸她的头,叮嘱道:"你不愿意连累母亲与阿姣,才想出要绝食的主意。母亲如今求助于阿姣,设了这个假死的局,正好骗过刘曜和刘聪,你也就能安心出城去了。只是苦了你了,脸还疼吗?"

靖之摇头:"不疼。那女儿走了,母亲以后要多保重,也帮我转告阿姣,她是我的好姐姐,我很感激她。"

羊献容微微一笑,看着司马靖之的目光慈爱、骄傲。她的女儿,经历国破家亡的苦难,成长得真的很好呢。

"你不用担心母亲。"羊献容继续道,"以后母亲不能再教导你了,遇到事情你只能靠自己拿主意。母亲相信你,一定能带着这些晋人回到南地的,母亲的靖之这么棒呢。"她说着,眼泪就下来了。

司马靖之听着她的话,眼眶也渐渐湿润了。是啊,以后她也不能在母亲跟前尽孝了,因为她有更大的责任要承担,她选择了这条路,就得自己扛起来。

母女俩抱着低声哭泣了一会儿,羊献容才擦干泪水,强笑道:"别哭了,还有不少事呢。先把这替身女尸处理好了才能让人去宫里给王爷报丧,那时候你才好带人去骗开城门。"

靖之点头,也擦干眼泪,起身取过早就准备好的纱布绷带,与羊献容一起忙活起来。

而此时,张海则在左国城的夜色下策马狂奔,一路转进了当初卫阙等人绑架阿姣的僻路,找到了留下的暗号,顺着暗号找到了隐藏在密室里的晋人。

这是当初关押过阿姣的密室，被他带人捣毁之后，卫阙却又让晋人躲了进来，竟没引起别人的怀疑。

门口守卫的晋人拦住了张海，在张海说明自己是来替卫阙传达遗言后，守卫们都红了眼，将他领进密室里。

小小的密室里挤着上百人，多是半大的孩子和妇人。守卫告诉他，最近匈奴人对待俘虏的手段更加凶残，这些孩子受不住打，所以他们被优先解救出来，藏在了这里。其他人则还分散在各处，他们留了暗号，定了逃跑的时间后，大家便会以最快的速度赶到此处集合。至于什么暗号，他却不肯告知张海。

张海知道他们心里存疑，便也不遮掩，将自己汉人的身份说了，说自己是奉命潜入刘曜身边做内应的，本是要为晋朝效力的，却没料到洛阳城会被攻破。见大家有些相信了，他便又说道："司马靖之乃是先帝之女，特封的靖之公主。当日洛阳城破，公主一路南逃，后来听说北方的晋人大多被俘虏做了奴隶，公主放心不下，便扮作流民，混进中山王府做了侍女，想要借机将大家都救回晋国去。后来遇到卫阙将军，两人商量好，只待时机一到，二人便带领大家南逃。只是如今卫阙将军行刺赵王失手被抓，如今南逃一事便只能由公主带领了。"

一屋的人顿时又是欣喜又是惶惶，有人问道："我们……我们真的可以回到晋国吗？要不要先营救卫阙将军？"

这话一出，连守卫都满脸期盼地看向张海。

张海苦笑道："因为之前卫阙将军行刺赵王的事，赵王认定还有同党，已经下令，要严查左国城内的晋俘，如今不过是想用卫阙将军引出更多的人罢了，天牢和法场早就布好了陷阱等着我们去救呢。不要说营救了，只怕我们晚上两日，大家就都没命了。"

他这么一说，大家才终于安静下来。守卫看了看一屋的人，咬牙道："张将军说的有理。那咱们这就分头去传递信号，按照约定的时间在此处集合，随将军与公主南行吧。"

张海郑重点头，心思却忍不住飘到靖之身上，不知道此刻，她们是否已经调换好身份，是否将中山王骗到了府中呢？

176

此时的中山王府已经乱成一团。

经过骑射大赛当天发生的事，府里的人都知道了那个叫司马靖之的侍女身份不凡，被郡主打了，现在是羊妃照顾着，结果大半夜的时候，羊妃的寝宫里突然爆发出哭声，伺候的侍女们乱慌慌地跑出来报信，说是靖之姑娘伤得太厉害，夜里没熬过去，竟然去世了。

随后哭得梨花带雨的羊妃撑着身子，踉跄着一路到了郡主的寝宫，叫开了郡主的门，哭着让郡主赔她一个女儿，郡主自然是赔不出，但羊妃有孕在身，郡主也不能像对那司马靖之一样对待羊妃，气得只在屋子里摔东西。

于是羊献容与阿姣，一个在外屋哭，一个在内室摔东西，这样也不知道闹了多久，羊妃突然抱着肚子，一歪身倒在了地上，又叫肚子疼，吓得一众侍女魂都没了，七手八脚地将她抬回去，叫了大夫，说是太过伤心，动了胎气，侍女们哪里敢怠慢，飞快遣人去通知了中山王。

卯时初，中山王就押解着五花大绑的卫阙，正准备赶赴预设在城中央的刑场，却接获了家人的消息，他头疼不已，有心想继续押送，又担心羊献容的情况，更担心阿姣被吓坏了，要是在这种心神不宁的情况下主持行刑，他怕有了诸如刑场劫囚的事情发生时，自己无法及时做出应对。思虑再三，他终于还是决定回去，派人向赵王请罪。

而此时，司马靖之正站在那片隐蔽的僻路处，看着整齐排成队的晋朝俘虏们，再看看一旁腰挂长剑，身背长弓打算与她一起南下的张海，回头又望了一眼中山王府的方向，终于下定决心。

她是晋人，是晋朝的公主，对于国家，对于百姓，她有着不可推卸的责任。如今母亲用尽一切办法帮她从中山王府脱身，张海则为了帮她放弃了自己的前途，更是冒着被中山王追杀的风险，与她一路南行，这么多晋人将自己的生命与信任都放在她的身上，如果她还迟疑，还迷茫，还胆怯，那她就太没用了。

她挺直了腰杆，双目坚定地看向一双双望着她的眼睛，朗声道："我，晋朝先惠帝之女，司马靖之，将带领你们回到晋国，无论遇到什么困难，绝不会放弃任何一个人，以生命起誓！"

所有晋人的眼眶都红了，他们想呐喊，却不敢，怕引来匈奴人，他们心中升腾起的希望却越来越大，让他们做出了无声挥舞拳头的动作。

他们也誓死跟随他们的公主，一路南逃，无论遇到什么困难！

当下，靖之又与张海等人说了城门口的情况，何时交班，哪些守卫贪财，哪些守卫查检严厉，哪些守卫根本只是在混日子，何时出城最是合适。之前阿姣为了练习骑射，多次带着她出城，倒是让她对城门的情况熟悉了不少。

随后靖之又道："城门口一次出入太多人必定会引起守卫注意，好在守卫都知道我是中山王府的人，张海也是刘曜的副将，常有带兵出入的行为，此番我们按照军队编制编队成伍，由我和张海假装成奉中山王的命令带队出城追查刺客同党，剩下的老弱，则分批，装扮后另找身份出城。记住，大队伍出城只有两个时辰的机会，我们会在城外十里处的山坳里等你们，一定要小心！"

所有人点头称是，随后便按计划行动。

当一切准备妥当，司马靖之跨上马，再次回首望向王府的方向，此时一轮朝阳刚刚升起，日光艳红如火，却不刺眼，似乎预示着他们这一路南行都将有暖阳照拂。

在中山王府中，羊献容柔弱无力地倚在刘曜怀里，嘴里低声喊着"肚子疼，我疼"，眼睛却穿过打开的窗户，也望着那一轮刚刚升起的朝阳。

而卫阙则昂首挺胸，迎着那一轮朝阳，缓步迈上了他的断头台……

朝阳下，红光熠熠，司马靖之收回目光，坚定地望向前路，挥手下令："出发！"

是的，他们马上出发，前路茫茫，会遇到什么他们不知道，但他们绝不畏缩！

得之,我幸
——路上捡到的靖之妹妹

林生觉得自己一直都很幸运,上天对他是真的不薄。

奶娘说他出生的时候,北方就已经陷入了战乱中,晋朝皇室司马家的王爷们为了坐上洛阳皇宫里的那个皇帝宝座,整天打来打去,一些北方少数民族士兵也三天两头越过边界来烧杀抢掠,过惯了太平日子的哥哥姐姐们吓得惶惶不可终日,吃睡不安,阿爹出门与人商议建坞堡,村子里就被匪徒屠了个干净,哥哥姐姐们一个也没逃脱。奶娘抱着他躲进地窖里才逃过一劫,奶娘说阿爹回来找到他们的时候,他就剩了一口气。

但他活下来了,健健康康的。后来阿爹走到哪儿都带着他,练兵,抗击匈奴骑兵,阿爹都没丢下过他。他从会走路就开始扎马步,跟着阿爹手底下的部曲同吃同住,片刻不离阿爹的视线,再后来,坞堡也挡不住他们的铁蹄了,阿爹就带着大家南逃,一路上捡了很多南逃的百姓,队伍里热热闹闹的。

但林生还是觉得孤单。练武时孤单,赶路时孤单,吃饭也孤单。大家都知道他是首领最宝贝的儿子,对他恭恭敬敬的,但不跟他玩儿。

直到有一天,他们在南逃的路上捡到了靖之。他还记得那天傍晚的夕阳,火红地挂在天边,像他见过的最好看的绸缎,美得他睁不开眼睛。阿爹说这条斜下的河就是沔水,他们离长江不远了,过了长江就能暂时避开胡人的追兵。

队伍里欢欣鼓舞,扎营的动作都比平时利索。他带着十来个小孩儿去寻晚饭吃的野菜,却在草丛里捡到了靖之。当时的靖之昏迷不醒,浑身滚烫,阿爹说这丫头真好命,高烧成这样还没断气,又运气这么好地遇上了他们的队伍。

他们队伍里有懂得识别草药的人,林生自己也会,灌了两碗药下去,第二天早上靖之就醒了,林生也就知道了她叫靖之,是从洛阳逃出来的,想逃到江南去。有个随行的叫阿惠的婢女,但被匈奴兵杀了,所以她一个人上路了。

一个小姑娘,独自一个人想要逃到江南去,还要过长江,林生不知道该敬佩她好,还是该叫她傻大胆。

"你知道从洛阳到江南有多远吗？"靖之养病的时候，林生天天陪着她，找出无数的话来跟她聊天，"过了沔水还有很多大河，还要走很远很远，还要跨过一条比所有河流加起来还难过的长江，才算到江南。"

刚醒过来的靖之还有些呆，睁着一双茫然的眼睛看着他，对他话里的"很远很远"和"难过的长江"没有一点儿概念，仿佛他说的都是唬人的话。

林生就叹了口气："哎，就算没有沔水和长江吧，你一个人，还是个小姑娘，没吃没喝的，你怎么能走这么远的路？"还有句话他没说，要不是遇见了他们，她烧成那样倒在草丛里，不用两天，肯定就成了一具尸体。这样的事他们在南逃的路上见过太多了。

听到吃的和喝的，靖之的眼眸动了动，声音沙哑地回了他："河里有水，草根……难吃，肚子疼……"

这次轮到林生呆住了，半晌才道："你一直都吃的是草根？现在这个时节，野菜都老了，不好吃，但也比草根好，你没吃过？"靖之摇头："不会找。"她怎么会知道哪些能吃？连草根都是看到别人吃才去挖的。

"那你会什么？"林生问，见她一脸茫然呆滞，他帮她筛选。

"摘野果子？捞鱼？"——摇头。

"缝补浆洗衣服？砍柴做饭？"——摇头。

"打猎？功夫？骑马射箭？"

这回靖之终于没有摇头："会骑马。"

"那别的呢？"林生再问，得到的回答就只有摇头了。看着靖之洗干净后精致可爱的小脸，林生只有叹气："你这样不行啊。阿爹说队伍里不养无用的人，你什么都不会，别的人也容不下你，你怎么办？"

靖之愣愣地看着他，精致的小脸上满是茫然失落。十多个与她同龄、比她小的孩子挎着柳条篮子，结伴往林子里去寻野菜，路过他们时，一个瘦瘦小小的男孩子抹着鼻涕叫道："林生，捡野菜去了！你要不去，晚上不给你喝野菜汤！"

林生跳起来就要去，却又回头看向靖之，犹豫了一下。靖之赶紧起身，拉着林生一起过去："我不会捡野菜，你们教我好吗？"她长得精致，衣服虽

脏乱，言行举止却和林生一样，看得出是有教养的孩子，那帮孩子们畏缩着不知道该怎么办才好，靖之却又看着林生，脸上扬起一抹坚毅，说道："我不会的，你都教我好不好？"

在这个乱世，什么都不会的她到不了江南，母后与阿惠用命换得她活下来的机会，她一定不能浪费。她不会的，学就好了，学会了，她就能活下去，一直活到江南，活到与母亲见面的那一天。

林生看着她笑了："嗯！我都教你！"

林生觉得，靖之真是个又聪明又能干的妹妹，他把她从草丛里捡回来真是捡对了。靖之的学习能力很强，不过两天，她就差不多认全了他们能找到的野菜，可以独自承担挖野菜的重任了。

他们每天还要跟着部曲一起练习，学习打仗的技巧。每天卯初（早上五点）就要起床跟着部曲跑步，跑到卯正（早上六点）回到营地，阿爹带着部曲们练习战阵，他们就在旁边扎马步。部曲们训练完后，阿爹会给他们一人发一根木棍，留几个人指导他们对阵。

林生从小就是这样过的，他会走路的时候，就先学了扎马步，再大一点儿就跟着部曲跑步，每天的训练并不觉得累。

但靖之就不行了。她看起来就是养得很娇气的，第一天起床就拖拉了半天，出门时部曲们都跑出去一里地了。他拉着她，想要追上大部队，但才跑了一刻钟，她就跑不动了，气也喘不上来，倒在地上半天爬不起来，急得林生上蹿下跳，却没有啥办法。

扎马步时，林生负责监督巡查，大家都能扎上一刻钟，像二猴、狗剩这几个以前在市井混的，都能扎上半个时辰。但靖之却十息都扎不到。

林生看着一溜十来个人，目光还没收回来，就听见队尾又传来一声压低的痛呼——靖之又摔了，一个屁股蹲儿坐在了地上。

这么一刻钟的工夫，她摔了有十多次了吧？满是坚硬土坷垃的黄土地，就这么直直地摔下去这么多次，林生觉得，靖之的屁股估计都摔成四瓣儿了。在靖之又一次摔倒时，他忍不住上前劝她："你要不要歇会儿再练？"靖之抹一把额头上的汗，抬头笑："不用，我能练好！"说着又按照林生说的要求蹲下了，没一会儿又倒下，又爬起来蹲下。

等到扎马步结束，林生觉得自己终于解脱了。一直摔一直摔，靖之自己不觉得，他都替她疼。可到了木棍对阵的时候，林生才发觉，扎马步摔倒算什么？这木棍对阵才是真正的疼！

他原害怕其他人跟靖之对打不知道轻重，就排了自己和靖之做对手，想着最多让她多敲几棍，一个小姑娘家家的，手劲儿也不大，没啥。但现在这是怎么回事？他举着木棍格挡，还没用力呢，靖之挥过来的木棍却被震得往后扬起，直直地拍在了她自个儿的后背上！那么大一声闷响，这丫头后背得隆起一片淤痕吧？

等靖之再次挥棍过来时，林生不敢格挡，只敢错步闪开，但靖之却一个跟头直接往地上扎去，手上的木棍却顶着肚子，让她像一只被石子儿顶翻的乌龟般，倒在地上半天爬不起来。林生目瞪口呆。这……这真的不是他的错！

这么一天下来，靖之固然是浑身伤，林生自己也觉得精疲力竭，难受的不行。所以哺食（既晚餐，古人一天吃两顿饭，上午九点左右吃，叫朝食；下午四点左右吃，叫哺食，又叫飧sūn）过后，靖之穿戴整齐沿着沔水岸边的小路开始跑步时，林生惊讶得眼珠子都快从眼眶里掉出来了。

"靖之，你……你干什么？"他跟过去问道。靖之一边跑步，一边气息不稳地回答他："练、练习。我去问了林大叔，他、他说，我多练、练就好、好了。"

"练……不是，你打算以后每天都这么练？"林生很惊讶，"扎马步也是，对阵也是？"靖之点头。林生看着她跑下一段缓坡，脚步踉跄，几乎摔倒，站住调整了下，用力吸了几口气，又迈开步子，心里终于知道，这个靖之与他想的不一样。

但她这么一个人跑，他有些不放心，想了想，林生迈开脚步追了过去。既然不放心，那就陪她一起跑吧。

　　队伍离沔水越来越近，却没有法子过河。阿爹说沔水正是汛期，水流湍急，很多地方还有漩涡，若没有万全之策，他们渡河就等于是送命，所以阿爹很发愁。这一切却没能影响林生的好心情。

　　这么十来天的工夫，早上跑步靖之已经能跟上大部队了，扎马步也能扎上一刻钟了，对阵也像模像样，再也不会伤到自己了。而且她还开始跟着二猴、狗剩他们学习那些市井上不入流的手艺了。比如怎么样引开店家的注意力好偷到一只烤得油滋滋香喷喷的鸭子啦，怎么样从野狗嘴里抢食啦，怎么样神不知鬼不觉地撬开酒楼后厨的门锁啦等等。

　　林生简直没眼看，但靖之却学得津津有味。并且据二猴所说，靖之对撬锁很有天分，已经能很快地撬开一般的横式锁了，只要她勤加练习，很快就再也没有她撬不开的锁了！这都是什么事儿！林生有种想要扶额的冲动。

　　因为靖之的好学，队伍里的大人们也都很热心，一有空就教他们编草蚱蜢，做吃食糕点，缝补衣服什么，还有几个大叔甚至教他们怎么做小偷，如何练手速，要快得让人来不及看清……

　　林生觉得有负阿爹所托，没有将靖之教好，让她学了这么多下三滥的手段，以后只怕是再也回不去做她那有教养的小娘子了。可是看着靖之兴致勃勃的样子，看着她学会一样后露出的比阳光还要耀眼好看的笑容，他又不忍心不让她学。不管怎么说，多学门手艺总是好事，谁知道什么时候会用上呢。

　　而且，自从捡到靖之之后，他发现自己好像不再感觉孤单了。毕竟，每天都要看着靖之，要跟她一起去找野菜野果，要陪她跑步，陪她扎马步，陪她对阵，看她学习那些乱七八糟的手艺，看她在自己面前炫耀又学会了什么，日子竟过得有些无忧无虑起来。

　　嗯，靖之早上偷走了他口袋里的草蚱蜢，自己竟然完全没发现，看来，他也要去学门手艺了呢。

——本季完——